來世再愛，傾力愛

前言

此書的出版源於我先生的心願。

他從少就喜歡讀書，愛寫作，當中尤其喜歡寫詩歌。長大以後，他在報館裡工作，對於人生旅途上的所見所聞，他總愛用筆把一切都記錄下來。

日常生活裡，他最喜歡的，就是看書、看書和看書！朋友眼中的他總是書不離手，如果沒有書呢，就是拿著筆，悠然自得地寫著一篇又一篇的文章。當然，他的桌子上總也少不了他的「靈感泉源」——一杯香濃的熱咖啡。

而我呢，恰好是他的相反，從不擅長寫作。

數年前某天，他跟我說，想要把他寫給我的詩輯錄成書。那時候，我只輕輕的「哦」了一聲，沒有特別支持，心想這可是非常私人的情話，怎能公開？

怎料，後來他得了重病，病痛不斷加劇，身軀承受著極端折磨。而他還是天天提著筆，繼續寫，不斷寫。

有一天，我到醫院探望他。那一刻，看著他的臉，我想做點讓他歡喜的事，腦海裡就湧起他的心願。我跟他說：「會出書，出你想出的書」。那時的他，已在彌留狀態，驀然間聽到我的承諾，雖已不能多說話，仍豎起拇指，眼神露出喜悅、興奮。

出書的承諾，真是有如千斤擔子般，既重且難。完成他的心願，是我的目標，也是我的動力。而這份動力，原來真的可以令我扛得起這擔子！

這詩集，亦是日記，可以看到他人生一些小片段。

小人物，
小故事。
來到這世界，
轉了一圈，

留下感情，
說了真話。
瀟瀟灑灑，
平靜地「回家」去。

目錄

2003-04 冬

2004 春夏

2004-05 秋冬

2005 夏至 2012 春

2015-16 秋冬

2016 春

2016 夏

2016 秋

2016-17 冬

2017 春

2017 夏

2017 秋

2017-18 冬

2018 春

2018 夏

2003 夏

真的愛妳

真是無用，
我真是沒有用。

雖只是小別，
我竟在機場哭了，
真羞人。

妳攔腰攬著我，
我呆呆的，呆若木雞，
不敢望著妳。

一望著妳，
擔心又再哭，
那真沒用。

這也說明，
不捨得妳，
真的愛妳！

2003 年 7 月 7 日
寫於美國

FAITH
makes things possible...
not easy

細路女阿歡

女孩，
我的女孩；

甜心，
我的甜心；

公主，
我的公主；

女神，
我的女神；

女皇，
我的女皇；

女孩、甜心、公主、
女神、女皇，
稱呼不同，都是我的愛！

2003 年 7 月 8 日
寫於美國

讓我愛妳

帶著愛，
我來了。

祖父母、父母、
哥哥、姐姐，
一大夥親人愛我。

世界需要愛，
我更需要愛，
在愛中我成長。
自從認識妳後，
我改變了。

一個人需要愛，
更應該去愛，
否則就是廢物、寄生蟲。

讓我愛妳，
愛這個世界。

2003 年 7 月 9 日
寫於美國紐約

只因有妳

耶穌說，
活得精彩；

佛陀說，
活在當下；

都一樣，
意思都一樣。

生命不在於多長久，
在於踏實、豐富。

我歡愉，
我甜蜜；

我快樂，
我喜悅；

還有啊，
我幸福。

不為甚麼，
只因有妳。

2003 年 7 月 14 日
寫於美國紐約 布碌崙
世紀餐室

喜樂

佛教徒，
尋覓喜樂；

基督徒，
尋覓喜樂；

人人尋覓，
喜樂日子。

我尋覓到了，
因有了妳。

不僅有了喜樂，
美好的，
我都有了。

2003 年 7 月 15 日
寫於美國紐約 布碌崙
二哥家中

太牽掛妳

可人兒，
牽掛妳。

美港距離幾萬里，
我一牽掛妳，
一霎間就在妳身邊，
腦電波比光速還快，
帶著我的魂魄到了。

可人兒啊，
我太牽掛妳了。

2003 年 7 月 16 日
寫於美國紐約 布碌崙
二哥家中

疼妳

「疼我多些。」妳說。
放心，這還用妳提醒嗎？

但我多高興妳提醒，
這證明妳需要我疼，
接受我疼。

妳需要我疼，接受我疼，
世上還有比這更好的事情
嗎？

我將永不止息地疼妳，
請妳接受，
請妳享受。

2003 年 7 月 20 日
寫於美國紐約 布碌崙 U 大道
世紀大餅屋

疼錫我多些

「疼我多些，
我還未燶。」
妳說。

我聽了多歡喜，
心裡多歡喜。

妳不是貪心，
不是埋怨我不愛妳，
或是愛妳不夠，
統統不是。

而是妳珍惜我的愛，
盼望我的愛不停滯。

可人兒啊，放心，
我對妳的愛不會止息。

2003 年 7 月 22 日
寫於美國紐約

情話

與妳通電話，
我只細心聆聽。

妳說，
我斯文、溫柔了，
身邊有人嗎？

可人兒啊，
我往日不斯文、溫柔嗎？

不過妳真聰明，
真的有人，
二哥在旁邊。

但往日我不是不溫柔，
而是熱情些！

往日我會說，
親妳，吻妳，咬妳……

二哥在旁邊，
我不好意思說這些話。

我怕他笑我：
「五弟你這麼熱情！」

有些話，有些情話，
只能讓妳一個人聽到！

2003 年 7 月 24 日
寫於美國紐約 布碌崙大道
世紀大餅屋

活著

今天看到一篇報道，題目是
《人類可望活到五百歲》。

別說五百歲，
六七百歲又如何？

這多可怕、恐怖啊！
人類不是為活著而活呀。

譬如，我熱情地親吻妳，
妳竟沒有感覺；

我深情地凝視妳，
妳竟沒有反應；

我溫馨地擁抱妳，
妳竟不知道我是誰！

若果是這樣，
活著又有甚麼意思？

倘真到了這一天，
生命已失去樂趣、意義！

那麼，我期望牽著妳的手，
一起飄到、飛往另一個時空。

2003年7月25日
寫於美國紐約 布碌崙U大道
世紀大餅屋

來世

我們提出一個約會，
時間竟在來世。

今生還沒有度完，
我們已肯定愛得不夠。

於是約定來世再會，
再續前緣，再愛！

來世是未知數，
此時此刻我們好好愛吧！

2003 年 7 月 28 日
寫於美國紐約

高興

「我愛妳嗎？」
我問，
「愛，很愛。」
妳答。

「妳怎麼知道？」
我又問，
「不是知道，是感受到。」
妳答。

「不是知道，是感受到。」
這話令我太高興了。

令我太高興了，
因妳接受我的愛，
享受我的愛。

2003 年 7 月 28 日
寫於美國紐約

妳肯說嗎？

許多人說，
命運由天注定。

又有許多人說，
命運不可改變。

我不同意，我相信：
我命在我，不在天。

我更相信妳說三個字，
我的命運就改變了。

這三個字是「我愛你」，
妳肯說嗎？

2003 年 7 月 29 日
寫於美國紐約

世紀大餅屋

紐約有五個區，
布碌崙是其一。

布碌崙有條 U 大道，
U 大道有間世紀大餅屋。

下午，我會獨個兒到這兒，
喝一杯香濃的咖啡。

有時會向店員討一張餐紙，
「寫報告嗎？」她問。

我只笑笑不答——
可人兒啊，
給妳寫情詩呀。

2003 年 8 月 3 日
寫於美國紐約 布碌崙 U 大道
世紀大餅屋

妳不在身邊

繁華的紐約，
當你漫步曼克頓區。

壯麗的紐約，
當你從帝國大廈頂樓
向四周眺望。

熱鬧的紐約，
當你在時代廣場蹓躂。

令我感到失落的紐約，
因妳不在身邊。

2003 年 8 月 3 日
寫於美國紐約

位置

自從結識妳，
我的生命起了變化。

自從與妳相愛後，
我的生命起了變化。

我更加積極學習、工作，
更加關心社會、別人。

當然妳是第一位，
永遠是第一位置。

在我生命裡，妳是第一位置，
不論何時何地都是第一位置。

2003 年 8 月 3 日
寫於美國紐約

心領

與妳走進珠寶商店，
兜一個圈就出來了。

我想贈妳一枚戒指，
妳看了價錢搖搖頭。

我的淺吻、深吻、
短吻、長吻，
每一趟妳都欣然接受。

我想贈妳鑽石戒指，
妳怎麼不肯接受？

妳說，太昂貴，心領了。
可人兒啊，甚麼是心領？

我的親吻妳從心底接受，
竟不肯接受我贈妳戒指！

2003 年 8 月 4 日
寫於美國紐約 布碌崙 18 大道
麥當勞餐廳

妳太自私

妳太自私，
將來竟想先我而走。

妳先我走了，
我就要傷痛道別。

傷痛道別妳之後，
我便孤獨地度過每一天。

妳太自私、殘忍，
竟有這個想法！

2003 年 8 月 4 日
寫於美國紐約 布碌崙 18 大道
麥當勞餐廳

問

我不問妳，
愛不愛我。

我只問自己，
愛不愛妳。

不只愛不愛妳，
是愛得多真、多純、多深。

可人兒啊，
我能夠不愛妳嗎！

2003 年 8 月 4 日
寫於美國紐約 布碌崙 18 大道
麥當勞餐廳

享受

每一天，
我都享受。
妳愛我，
我享受。

我愛妳，
我更享受。
讓我們在一起，
享受每一天。

2003 年 8 月 5 日
寫於美國紐約

無題

缺乏感性的時代，
妳卻感性橫溢；

缺乏思想的時代，
妳卻思想閃光。

人的氣質及價值，
在於感性、思想。

我真幸運，
認識了妳；

我真興奮，
愛上了妳；

我真幸福，
被妳愛了。

2003 年 8 月 6 日
寫於美國紐約 布碌崙
三嫂家中

巢

有句俗語：
龍床不如狗竇。

可人兒啊，
我們何時才有家？

家，甜蜜的家，溫馨的家，
世上還有甚麼地方比家，
更安全、溫暖？

我多麼渴望：
兩人擁有一個巢！

2003 年 8 月 6 日
寫於美國紐約 布碌崙
三嫂家中

阿歡

世界多麼美麗，
人生多麼美好，
愛情多麼美妙，
全因有妳，
我的可人兒！
阿歡。

2003 年 8 月 8 日
寫於美國紐約

妳不在這兒

美國，
世界上最強大的國家，
無數人們嚮往的地方。

不同種族的偷渡客，
每天自水路、陸路、空中到
來。

他們沒有身份，
仍樂意在這兒生活、圓夢。

我擁有身份，
卻急於離開。

原因只有一個，
妳不在這兒。

2003 年 8 月 11 日
寫於美國紐約

今生

有無前世，
我不知道。

有無來世，
我更不知道。

我知道有今生，
因我活在當下。

活在當下，
忘我地愛戀妳。

同樣忘我地，
沉醉在妳的愛中。

因為活在當下，
我不枉此生。

2003 年 8 月 13 日
寫於美國紐約 布碌崙
侄女家中

自從

甚麼是快樂？
甚麼是甜蜜？
甚麼是幸福？
我都不懂得，
雖然我曾閱讀過這些詞句，
雖然我曾傾聽過這些字眼。

快樂是甚麼，
甜蜜是甚麼，
幸福是甚麼，
我都感受到了，
我都享受到了，
自從與妳相戀、相愛。

2003 年 8 月 13 日
寫於美國紐約 布碌崙
侄女家中

疼妳

非常疼妳，
無微不至地疼妳。

有時，我似爸爸，
慈愛女兒般疼妳；

有時，我似哥哥，
呵護妹妹般疼妳；

大部分時間，我是愛人，
忘我、全程的疼妳。

2003 年 8 月 13 日
寫於美國紐約

當然要這樣啦

可人兒，
我的可人兒，
我們結識幾個月了，
不記得向妳示愛多少趟，
在澳門、珠海、香港，
還在美國及加拿大。

有時當面傾訴，
有時通過電話、
書函及明信片。

雖然示愛不知多少趟了，
但我總言不夠，
仍不停地向妳訴說。

除了欣然接受，妳還會說：
「當然要這樣啦！」

2003 年 8 月 15 日
寫於美國紐約 布碌崙
飛騰餅屋

何時・何地

不論何時，
白天或夜晚，
晴天或陰天，
刮風或下雪；

不論何地，
妳在身邊，
或近在咫尺，
或分隔萬里；

可人兒啊，
我心裡都有妳，
或惦掛，
或愛戀！

2003 年 8 月 16 日
寫於美國紐約

我回來啦

家人、朋友，
都不想我離開美國。

他們愛我，
我也愛他們。

雖是不捨得，
但我回來香港啦。

妳在這兒，
我無法抗拒。

2003 年 8 月 20 日

前世

前世，
我是好人，
絕頂的好人，
不然，豈會今生認識妳。

不是認識妳，
是與妳相戀、相愛。

與妳相戀、相愛，
我享受快樂，
我享受甜蜜，
我享受幸福。

能夠享受這一切，
是我前世修來的。

2003 年 8 月 20 日
寫於香港往澳門的船上

真有運氣

我真有眼光，
在茫茫人海裡，
尋覓到妳。

我真有眼光，
在茫茫人海裡，
與妳相愛。

不，不是我真有眼光，
是我真有運氣，
在茫茫人海裡，
結識妳，並與妳相愛。

我真有運氣，
在茫茫人海裡，
與妳真誠、溫馨、火熱相愛，
真不枉此生。

2003 年 8 月 20 日
寫於香港往澳門的船上

我愛上妳了

對不起，
我愛上妳了。

愛上妳，
我有些憂心。

我愛妳，妳感覺舒服嗎？
我愛妳，妳感到快樂嗎？

我全部憂心，
都因這而起。

我愛妳，
妳若感覺舒服；

我愛妳，
妳若感到快樂；

我就沒有憂心，
我就完全滿足了。

2003 年 8 月 28 日
下午 3 時 15 分
寫於澳門漁翁街
麥當勞餐廳

奇妙

宇宙真奇妙，
我們的交往更奇妙——

認識在香港，
巧逢於澳門；

戀情，在珠海開始，
滋養於紐約；

在多倫多鞏固，
身心合一於深圳。

一切上天安排，
更是兩人耕耘成果。

宇宙真奇妙，
我倆的人生更奇妙。

2003 年 8 月 29 日
下午 4 時
寫於深圳蓮塘
嘉好快餐

心情

今天我心情緊張，
平生最緊張今天。

天不怕，地不怕，
我今天心情竟這麼緊張。

雖然肯定妳好愛我，
深深地愛我。

但我今天仍這麼緊張，
因要見妳姊、妳爸。

妳早前特地安排，
這要命的四人約會。

可人兒啊：
他倆對我印象會怎麼樣？

2003 年 8 月 29 日
寫於深圳蓮塘
阿歡家中

新居

又要搬居，
不知多少趟了，
一直到處漂泊。

搬居真頭痛，
收拾東西太麻煩，
難以取捨它們。

但今趟興奮極了，
能與妳一起生活，
我在做夢麼？

目前暫需離多聚少，
更覺一刻千金——
我珍惜地享受！

2003 年 8 月 31 日

我快醉了

從未這麼快樂，
從未這麼幸福。
我寫信告訴家人，
打電話告訴家人。

家人散居世界各國，
他們國籍雖不同，
但愛我的心相同，
為我高興的心相同。

從未這麼幸福，
從未這麼快樂。
可人兒啊，妳這麼好，
這麼好，我快醉了。

2003 年 8 月 31 日

FAITH
makes things possible...
not easy

2003 秋

颱風

颱風杜鵑來勢洶洶，
正面吹襲深圳。
今晚只我在家，
妳去了香港。

聚寶花園銀星閣，
三房一廳可闊氣。
外面風雨交加，
屋裡半明半暗。

從玻璃窗望出去，
全城陷於死寂，
只聽到風聲呼嘯，
似要為摧毀一切。

颱風威力真厲害，
我與世界隔絕了。
但若妳在，
心情就不這樣。

2003 年 9 月 1 日
寫於深圳

世伯

妳要我寫一首詩，
並出了題目「世伯」。

世伯，即妳的爹地，
妳介紹我們認識了。

彼此相處了三天，
妳要我寫些甚麼？

他的脾氣性格及人品，
妳不要我寫吧？

啊呀，我的可人兒，
妳想我寫對他的觀感吧？

這有甚麼好寫，
還用寫嗎？

——我愛妳，
能不愛他嗎！

2003 年 9 月 3 日
早上 11 時
寫於深圳蓮塘
麥當勞餐廳

我不蠢

為啥說我蠢呢？
我不蠢。

若我蠢，
豈會懂得追求妳；

若我蠢，
豈能追得到妳。

我當然一點也不蠢，
追求到了這麼好的姑娘。

2003 年 9 月 10 日
寫於珠海赴深圳的大巴上

安排

兩年前，
命運安排我居住珠海；

一年前，
命運又安排我居住澳門；

如今，
命運安排我居住深圳。

不，今趟不是命運安排，
是妳，妳的主意。

我不再順從命運安排了，
只接受妳的。

2003 年 9 月 10 日
寫於珠海赴深圳的大巴上

夠膽

每個人都有缺點，
我的缺點更多，更多。

我自小害羞，
有時甚會自卑；

我天生口吃，
一向不善交際；

我性格內向，
還有點固執；

我優柔寡斷，
作風近於懦弱；

我的缺點一籮籮，
不夠膽更是致命傷。

遇上妳後，
我驀地夠膽了——

夠膽愛上妳，
夠膽追求妳。

竟然追到了，
夠膽改變了一切！

2003 年 9 月 11 日
寫於深圳蓮塘
聚寶花園銀星閣寓所

家

家，
溫暖的家；

家，
快樂的家；

家，
溫馨的家；

家，
甜蜜的家；

家，
幸福的家；

我擁有了，
與妳共同擁有！

2003 年 9 月 12 日
寫於香港赴坪洲的渡輪上

永恆

我們的愛情，
不是晚來的，
更不是遲來的。

我們愛得真，
我們愛得深，
不會晚，不會遲。

自然付出，
誠懇接受，
怎會晚，怎會遲？

佛陀說：
一剎那就是永恒。
此刻，我們溫馨地擁抱。

2003 年 9 月 13 日
寫於深圳蓮塘
聚寶花園銀星閣寓所

深深愛妳

佛陀出家之前，
是一位英俊的王子。

面對生老病死問題，
他去修行尋求答案。

經過十多年苦修，
他開悟了，不懼怕。

我仍不開悟，
此生或可能不會開悟。

但我確切地知道：
每個人都會老，都會死。

雖老了病了，只要不死，
我都愛妳，深深愛妳。

2003 年 9 月 15 日
寫於深圳蓮塘
聚寶花園銀星閣寓所
（在病中）

好好愛她

「妳肯嫁給我嗎？」我問。
「非你不嫁！」妳答。

可人兒啊，
我聽了多興奮！

天在上，地在下，
我站在中間發誓：

此生我第一次求婚，
也是最後一次。

當我聽了妳的回答，
我口我心都說話了。

我口向妳說：「多謝！」
我心向自己說：「好好愛她！」

2003 年 9 月 17 日
寫於深圳

一個痴男

妳問我，
愛妳多真；

又問我，
愛妳多深；

我無法說出來，
也無法寫出來。

語言文字，
都無法表達我對妳的愛。

但悠悠的天地，
卻知道我愛妳啊。

天多長地多久喲，
它們見證了人間無數的愛情。

其中一個痴男，
是愛妳多真多深的我！

2003 年 9 月 20 日
寫於九廣火車上

溫馨

我曾經令妳傷心，
妳曾經令我苦惱；
雙方為了愛，
產生了誤解。

甚麼事情都有一個過程，
戀愛更是如此。
經過折騰瞭解對方，
愛就更溫馨。

2003 年 9 月 22 日
寫於深圳

疼妳愛妳

疼妳，
愛妳。

不可以不疼妳，
不可以不愛妳。

疼妳愛妳，
是我最大快樂。

愛妳疼妳，
是我最大幸福。

2003 年 9 月 24 日
寫於深圳赴珠海的大巴上

諾言

妳出題目「諾言」，
要我寫一首詩。

我多喜歡呀，
因明白妳的含意——

妳重視我的愛，
才出這個題目給我。

我哪會忘記諾言——
多多疼妳，疼妳多多。

每時每刻我都記得諾言，
並會好好做到。

阿歡，我的可人兒。
我怎會不疼妳呀！

2003 年 9 月 25 日
寫於深圳赴珠海的大巴上

是妳呀

不找伴，
我不找伴。

女大當嫁，
男大當娶；
不適合我，
我不要！

人有我有，
表面上擁有，
骨子裡貌合神離，
有啥意思！

找愛，
愛她我舒服，
愛她我快樂，
愛她我幸福。

找到了，
是妳，是妳呀！

2003 年 9 月 25 日
寫於深圳赴珠海的大巴上

我以後不

妳要我寫首詩明志，
題目「我以後不」。

啊呀，怎麼寫呀，
難為我了。

但妳命令式吩咐，
我怎可以不寫！

妳的「我以後不」是——
以後不發脾氣！

每趟我發脾氣，
都令妳非常難堪。

妳要似媽媽哄孩子般哄我，
直至我怨氣怒氣全消。

阿歡，我的可人兒，
我答應妳「我以後不」。

但妳也要答應我：
不可太勤，不可太儉。

勤儉是美德，
但太勤太儉會捱壞身子。

我愛妳——
心痛妳太勤太儉！

2003 年 9 月 26 日
寫於珠海赴深圳的大巴上

合一

偶然妳問我：
知道霍金這個人嗎？

怎會不知道，
大師中的大師。

他是基督徒，
廿世紀最偉大物理學家。

可他不相信上帝創造宇宙，
因宇宙太奇妙了。

不說宇宙太奇妙，
地球與太陽距離已奇妙。

近些地球就變為煤球，
遠些地球就變為冰球。

地球是煤球或冰球，
就沒有人類了。

沒有人類，
便沒有妳我了。

我們不存在，
又怎有這一連串事情——

結識，跟著牽手；
擁抱，接著融為一體——

宇宙真是奇妙，
地球真是奇妙。

生命真是奇妙，
愛情真是奇妙。

妳我的發展真是奇妙——
從不認識至合一。

2003 年 9 月 28 日
寫於深圳

黑沙海灘

許多地方風景區，
我都去過。

印象最深，
是澳門黑沙海灘。

那天遊人稀少，
浪聲不大不小。

驀地我的心砰砰跳，
因有擁抱妳的衝動。

但我手心冒汗，
不敢付諸行動。

後來終於做了，
妳竟接受！

黑沙海灘不算太美，
但我此生忘不了——

在這兒我第一次擁抱妳，
第一次親吻妳！

2003 年 9 月 29 日
寫於深圳

靜觀其變

一認識妳，
我就展開追求。

閃電般——
閃電般速度，
閃電般熾熱！

沉著氣，
妳靜觀其變，
事後妳告訴我的。

觀察我的誠懇，
考驗我的人品，
品嚐我的味道。

妳滿意了，
投入我的懷抱，
沒沉我的愛裡。

可人兒呀，
妳真精靈！

2003 年 9 月 30 日
寫於深圳

真愛妳呀

妳在香港，
我在深圳。

只隔一條河，
過關很快捷。

但妳在彼謀生，
我在此幹活。

一個禮拜，
頂多見到二三回。

相隔兩地，
僅是咫尺之遙。

可牽掛妳啊，
相思妳喲。

牽掛、相思後相聚，
那種感覺真溫馨！

2003 年 9 月 30 日
寫於深圳

寫給阿歡

阿歡精靈，
我大番薯。

精靈是聰明，
大番薯即糊塗。

只要阿歡舒服，
我樂意大番薯。

只要阿歡開心，
我情願糊塗。

2003 年 10 月 2 日
寫於深圳

明天

「一個人吃飯呀，
老婆到香港去了。」

在大廈門口保安員說，
他見我手拿著一個飯盒。

我不答話，
只是笑嘻嘻的。

他很醒目，
若妳在，我們必出雙入對。

可人兒啊，
保安員也憐憫我孤身隻影。

但我們情不淡，
還更愈來愈濃。

每天互通十幾趟電話，
情話綿綿。

令人興奮的，
妳明天就過來啦。

我等待，
喜悅地等待。

明天一定會到來，
明天到來我們就相聚。

誰也不能阻止明天到來，
包括上帝，萬能的上帝。

2003 年 10 月 4 日
寫於深圳

羡慕

旁人都羡慕妳，
尤是女性們。

他們讚我深情，
對妳細心、體貼。

我不這麼想，
只做應該做的。

一切來自自然，
出於不由自主。

沒有半點做作，
沒有一絲兒勉強。

只要妳喜歡，
我能做到的都做。

做了我不當一回事，
旁人竟羡慕妳！

我不理會旁人，
妳開心就好！

2003 年 10 月 6 日
寫於深圳

人生一世莫輕過

人生一世莫輕過，
不要怨，
不要惱，
不要悔，
只要疼。

可人兒啊，
疼妳。

人生一世莫輕過，
沒有怨，
沒有惱，
沒有悔，
只有愛。

我的阿歡，
愛妳！

2003 年 10 月 8 日
寫於深圳

只管愛吧

給一個人愛上，
不是很難的事。

愛上一個人，
也不會太難。

給她愛上了，
自己更愛她。

這可難了，
這可太難了。

妳我互愛，
如膠似漆。

竟一點也不難，
只不知，
誰愛誰多些、深些——

無法測度、測量，
只管愛吧！

2003年10月8日
寫於深圳

我的快樂由妳而生

活著一天，
快樂一天。

活著一天，
愛妳一天。

可人兒啊，
我的快樂——

來自於妳，
由妳而生！

2003年10月10日
寫於深圳

相聚

10 月 10 日，
03 年 10 月 10 日。

一個普通日子，
別人的一個普通日子。

對我真特別，
我們分隔幾天了。

似是已分隔很久，
幾個月、幾年了。

今天又相聚，
叫我多麼喜悅！

2003 年 10 月 12 日
寫於深圳

怎麼辦

怎麼辦，
叫我怎麼辦？

妳在香港，
我的心在香港；

妳出差去了，
我的心也追隨左右；

妳來深圳與我相聚，
不論面對面傾談，
或牽著手漫步；

或依偎在沙發上看電視，
或相擁抱在床上睡覺，
我的心都沁著妳。

叫我怎麼辦，
我是這麼愛戀妳！

2003 年 10 月 12 日
寫於深圳

最愛

假若佛陀問我：
你的最愛是誰？
我會毫不猶豫答道：
阿歡，是她。

假若上帝問我：
你的最愛是誰？
我會毫不猶豫答道：
是她，阿歡。

有些人的最愛是佛陀，
有些人的最愛是上帝，
有些人的最愛是……
我的最愛是妳。

佛陀開悟，
上帝萬能，
都不稀罕我的愛，
妳需要，我知道妳需要。

另外還有一萬個理由，
我應該愛妳——
不是應該而是不由自主，
不是愛妳而是最愛！

2003 年 10 月 14 日
寫於九廣火車上

此時此地

時間分為三種：
過去、現在、未來。

有些人，
擁著過去，
緬懷它的甜，
回憶它的苦。

有些人，
抱著未來，
計劃怎麼做，
夢想如何過。

過去已經消逝，
未來也不存在。
擁抱消逝的或不存在的，
何其愚蠢！

活在現在，
此時此地。

2003 年 10 月 20 日
寫於深圳

美好

也曾讀過一些書籍，
一些文藝書籍。

對於美好這兩個字，
並不感到陌生。

但不太明白它的含義，
更沒有這種感受。

自從認識妳，
與妳親密地交往。

我知道甚麼是美好，
因我感受到它。

2003 年 10 月 22 日
寫於深圳

牽手

妳說我甚麼都好，
就是脾氣不好。

我為啥這麼火躁，
還不是因為疼妳。

世間財，
誰能賺得完。

大笨蛋，
才時刻想著抓銀。

我的愛人啊！
捱壞了身子可後悔莫及。

一起牽手生活，
比擁有千億更富裕。

2003 年 10 月 22 日
寫於深圳

獨一無二

無人可以替代，
妳的位置。

這一輩子，
無人可以替代，
妳的位置。

外貌、學問，
或有人可以替代；

氣質、氣味，
絕無人可以替代。

它們獨一無二，
使我陶醉了。

令我感覺妳樣樣都好，
我活在歡暢中，幸福裡。

2003 年 10 月 23 日
寫於深圳

生存

工作，
為著生存。

生存價值、意義，
每個人不同。

認識妳後，
我找到生存價值、意義——

為妳生存，
讓妳活得幸福。

2003 年 10 月 29 日
寫於深圳蓮塘
金海餐廳

最愛

生老病死，
每個人的歷程。

不是每個人的歷程，
是大自然每個生物的歷程。

因此不要懼怕，
也不要悲傷。

若沒有死亡，
生命真失去價值。

因有死亡，
生命才更有意義。

但死亡前一剎那，
仍關愛身邊的人。

而我最關愛妳，
因妳是我的最愛。

2003 年 10 月 29 日
寫於深圳蓮塘
金海餐廳

變化

認識妳，
我的思想行為，
起了很大變化。

以前悶悶不樂，
有時怨天尤人，
也容易無端發脾氣；

如今沒怨沒悔，
疼妳愛妳已嫌不夠，
哪有空隙或怨或悔！

可人兒啊，
自從認識妳後，
我心中只有疼、只有愛。

2003 年 11 月 1 日
早上 11 時
寫於深圳蓮塘
金凱餐廳

每一刻

走過三個世紀，
宋美齡走了。

她是一位名人，
但已是歷史上的。

道家說「死王活鼠」——
死去的皇帝，
寧做一隻活老鼠。

可喜我們都活著。
珍惜每一天吧！

不是珍惜每一天，
是享受每一天；

不是享受每一天，
是享受每一刻。

2003 年 11 月 6 日
寫於深圳

幸福

今生愛上妳，
心滿了。

今世給妳愛上，
意足了。

一生都心滿，
一世都意足。

一輩子心滿意足，
我真幸福呀。

2003 年 11 月 7 日
寫於深圳蓮塘
金海餐廳

自從愛上妳

自從愛上妳，
我體內血液舒暢，
整個人朝氣勃勃。

自從愛上妳，
我體內細胞躍動，
心底深處激情澎湃。

自從愛上妳，
我看到世界充滿希望，
感覺人生洋溢美好。

2003 年 11 月 7 日
寫於廣九鐵路列車上

學習

活著一天，
學習一天。

學習甚麼？
學習生活。

每個年代，
有每個年代風氣；

每個社會，
有每個社會風俗；

每個人，
有每個人個性。

古哲日「易，變化也」——
世界每天在變化。

你身旁每事每物都在變化，
你可以不學習嗎？

不學習你將孤獨，
格格不入、落寞、憤怒。

不想落在後面僵化，
活著一天學習一天。

每天學習，
你會活得快樂。

2003 年 11 月 13 日
寫於深圳

疼妳

第一次約會，
便疼妳了。

自此愈來愈疼，
疼得愈多愈深。

工作、學習、睡眠之外，
便活在疼妳之中。

此生今後日子，
都會全心疼妳。

疼妳真好，
我特別舒暢。

2003 年 11 月 13 日
寫於深圳

天堂

我相信，
人永遠不死。

人死亡的是軀體，
靈魂在另一個時空生活。

怎麼樣生活，
不知道。

那個地方，
肯定不是天堂。

天堂在人間，
在妳手上。

2003 年 11 月 16 日
寫於香港中央圖書館

不平常

一樣米，
養百樣人。

有些人，
愛利；

有些人，
愛權；

有些人，
愛名；

他們終其一生追索，
也滿足不了。

我做平常人，
過平常生活。

有妳相伴，
真不平常！

2003年11月18日
寫於深圳

她

造物主真偉大，
創造了無邊無際的宇宙。

別說寬闊的太陽系、銀河系，
小小的地球就已神奇。

在這個美麗的圓球上，
無數生命各有各的生活。

其中一個是我，
真感謝造物主。

但造物主啊，
我可更感激她。

沒有她，
我沒有快樂；

沒有她，
我沒有甜蜜；

沒有她，
我沒有歡愉；

沒有她，
我沒有溫暖；

沒有她，
我沒有幸福。

2003 年 11 月 21 日
寫於深圳

戀愛

我有兩個世界，
一個心外的，
一個心內的。

以前，
我心外的世界灰色，
我心內的世界麻木。

與妳戀愛後，
我心外的世界一片光明，
我心內的世界充滿活力。

愛，
戀愛，
改變了我的世界觀，
改變了我的人生觀。

2003 年 11 月 24 日
寫於深圳

我擁抱妳

活在這個年代真好，
擁有自由。

居住自由，
想在哪兒居住就搬到哪兒；

學習自由，
想學習甚麼就學甚麼；

工作自由，
想幹哪行就幹哪行。

還有啊，
戀愛自由。

找對象，
不須父母贊成。

談戀愛，
不需組織批准。

自由喲，
我擁抱妳。

2003 年 11 月 25 日
寫於深圳

幸福

有一天，
我走了，
妳不要悲傷。

每個人，
都要走，
這是生命規律。

在另一個時空，
我會幸福，
相信是這樣。

因在人世間，
我很幸福，
這些感受將永遠隨伴著我。

與妳相戀相愛，
我無法不幸福，
它們變為永恆了。

2003 年 11 月 27 日
寫於深圳

今生今世

今生今世，
愛妳。

這一輩子，
在旁人眼中，
我沒有甚麼作為，
我沒有甚麼大作為。

對人類、祖國，
對民族、社會，
沒有甚麼奉獻，
沒有甚麼大奉獻。

在茫茫人海裡，
我是平平凡凡的一位。
太平凡了，
億萬中一位平凡小卒。

但對於妳，
我太不平凡了，
每時每刻呵護妳，
每刻每時疼錫妳。

愛妳，
今生今世。

2003 年 11 月 28 日
寫於港九鐵路火車上

香港

香港，
我心醉的地方。

香港喲！
你是祖國一顆燦爛明珠。
香港呀！
你是世界一座國際都市。

但這些堂堂稱號，
不是令我懷念的原因，
不是令我喜愛的理由，
不是令我留戀的緣由。

香港，
你令我心馳神往，
因我心上的姑娘住在這兒。

2003 年 11 月 29 日
寫於深圳

人生

人生短促，
當然要快樂。

不是自己快樂，
是給別人快樂。

給別人快樂，
自己享受到快樂。

不是享受到快樂，
是享受到更大快樂。

這就是愛，
這就是人生。

2003 年 11 月 29 日
寫於深圳

FAITH
makes things possible...
not easy

2003-04 冬

付出

人人都聽過這句話——
應該懂得珍惜。

人人也都讀過這句文字——
應該珍惜擁有的。

它們意思大同小異，
很有道理。

其實更應該懂得付出，
懂得付出才真快樂，真幸福。

擁有，含有著佔有，
凡是佔有，便滋生自私。

可人兒啊！我愛妳——
只想付出，對妳付出。

2003 年 12 月 1 日
寫於深圳金海餐廳

不晚

做就不晚，
不做就晚。

人生道路上，
甚麼事情都不晚。

若你認為晚了，
你便老了。

一個人，
最可怕的是認老。

每個人都會上年紀，
但心不可以老。

若心老了，
活著就沒意思了。

想做的事情就去做，
不做就晚，做就不晚。

2003 年 12 月 7 日
寫於深圳蓮塘
聚寶花園銀星閣

改變

與妳相愛，
我改變了。

以前，我為自己著想，
甚麼事情老為自己著想。

總是不開心，
許多時候總是不開心。

如今，我為別人著想，
甚麼事情先為別人著想。

總是開心，
許多時候總是很開心。

我改變了，
與妳相愛後。

2003 年 12 月 7 日
寫於深圳

消失

甚麼是愛？
愛是甚麼？

有人說，
愛是奉獻；

也有人說，
愛是付出；

又有人說，
愛是犧牲。

奧修大師說，
愛是消失——

自己消失了，
只為對方著想。

2003 年 12 月 7 日
寫於深圳

學佛

學佛目的，
離苦得樂。

學了一年，
佛在殿上。

學了三年，
佛在西天。

越學佛越遠，
越學苦更多。

漸悟的有幾許？
頓悟的有幾人？

佛說慈悲，
慈悲是愛。

2003 年 12 月 7 日
寫於深圳

看相

看相，
不要學。

有人生經驗，
就會看。

相由心生，
至理名言。

壞人好人，
你望望就知道。

若他開口，
更可肯定。

2003 年 12 月 8 日
寫於深圳金海餐廳

奮進

不要算命，
沒用的，
費時、失事、耗財。

要有智慧，
不要上江湖佬的當，
聽他們胡說亂道。

江湖佬「呃神騙鬼」，
點紅點綠，
付錢讓他愚弄太不值。

命裡是有的，
有箇中高手，
懂得的對你也無幫助。

佛陀說：
做人奮進，
肯奮進就能改變命運。

2003 年 12 月 8 日
寫於深圳金海餐廳

媽媽，告訴妳

媽媽，告訴妳：
我找到愛了——

我愛她，
她愛我。

妳見到她，
一定喜歡。

她比妳理想中的還好，
不知好幾多倍。

告訴妳，媽媽呀，
來生我也找不到這麼好的！

2003 年 12 月 9 日
寫於深圳

沒了自己

每天我都實在活著，
心中洋溢著愛，
感受著愛。

愛妳，
享受妳的愛，
每天都如此實在。

愛妳中混和著妳的愛，
分不出是誰的，
分不了。

這許是我中有妳，
妳中有我，
或是沒了自己吧！

2003 年 12 月 13 日
寫於深圳

活過

我活過，
因我愛過。

我活過，
因我被愛過。

愛與被愛；
是我一生。

親愛的讀者，
盼你也是這樣。

2003 年 12 月 17 日
寫於深圳巴蜀風菜館

愛妳真好

愛妳真好，
我感到舒暢。

佛家追求自在，
出家人也不容易做到。

首須看開，
隨著放下；

看開放下，
才談自在。

舒暢呢，
比自在更勝幾個層次。

我不只看開了，
且全已忘了自己。

只有妳，
做甚麼都為著妳。

這令我舒暢，
愛妳真好！

2003 年 12 月 18 日
寫於深圳

醒來

你每一天醒來，
喜悅嗎？
還活著啊！

準備做些甚麼？
會去關愛哪一位？
又會接受哪一位關愛？

我每一天醒來，
都那麼喜悅，
急不及待去關愛、
接受關愛！

2003 年 12 月 18 日
寫於深圳

你想快樂嗎？

你想快樂嗎？
太簡單了。

你想快樂嗎？
太容易了。

你想快樂嗎？
心中充滿愛。

你想快樂嗎？
將心中的愛付諸行動——

將愛付諸行動，
你還會不快樂嗎？

2003 年 12 月 19 日
寫於深圳金海餐廳

活著一天

活著一天，
都要熱愛生命；

活著一天，
都要熱愛生活；

活著一天，
都要付出愛；

活著一天，
都要享受愛；

活著一天，
都要閃爍著愛的火花！

2003 年 12 月 21 日
寫於深圳

自己決定

我們會聽到這種話：
「我老了，沒用了。」

老或不老，
沒有一個界限。

有人廿歲出頭，
認為自己老了；

有人百歲，
仍在勤奮學習、工作。

有用或沒用，
也都由自己決定！

2003 年 12 月 21 日
寫於深圳

一生追求

一生追求，
人生都在追求。

追求財富，
不是壞事，
只要取之有道；

追求學問，
更是好事，
應該與人分享；

追求愛情，
美好事兒，
愛她甚於自己。

人生都在追求，
活著才有意思！

2003 年 12 月 24 日
寫於深圳

每天都不同

今天不同昨天，
今天比昨天更愛妳。

昨天也不同前天，
昨天比前天更愛妳。

明天也會不同今天，
明天比今天更愛妳嗎？

我想會的，
明天會比今天更愛妳——

每天都不同，
我一天比一天更愛妳！

2003 年 12 月 24 日
寫於深圳

付出

你活著嗎？
真正活著嗎？

若你真正活著，
該對人類付出，
或對國家付出，
對社會付出。

做不到對大眾付出，
就對個別的人們付出。
親人、朋友們，
量力而為，盡力而為！

真正活著，
每一天都應付出！

2003 年 12 月 28 日
寫於深圳

逃不了

阿歡，
我愛妳，
也愛妳額上那顆大凸痣。

此痣有福氣，
更有智慧，
還有它心通——

看透我的心，
知道我愛妳，
逃不了！

2003 年 12 月 28 日
寫於深圳

有妳夠了

人的一生，
應該無怨無悔。

無怨無悔，
說明沒有白活。

沒有白活，
生命充滿精彩。

我無怨無悔，
因為有妳。

夠了，有妳夠了，
令我一生無怨無悔。

2003 年 12 月 30 日
寫於深圳

富足

有人一生追求財富，
有人一生追求學問；

有人一生追求愛情，
有人一生追求……

追求財富的人到頭來，
可能一貧如洗；

追求學問的人到頭來，
可能學無所用；

追求愛情的人到頭來，
可能落得空遺恨；

我呀，得到妳後，
太富足了。

2003 年 12 月 30 日
寫於深圳

去年今日

去年今日，
沒有妳的手可牽；
去年今日，
沒有妳可擁抱；
去年今日沒有……

今天與妳牽手，
今天與妳擁抱，
今天與妳迎新年。

妳濃濃的愛意，
把寒冷的氣溫變得熾熱！

明天，
我們的將來，
充滿喜悅！

2003 年 12 月 31 日
寫於香港電車上

妳幸福嗎？

妳快樂嗎？
妳幸福嗎？

認識我後，
妳快樂幸福嗎？

若妳不快樂幸福，
那真是我的罪過！

我是小人物，
胸無大志——

只為妳快樂而活，
只為妳幸福而活。

2004 年 1 月 2 日
寫於深圳

跟著妳

有來世嗎？
我想有的。

希望來世也做人，
做人真好啊！

來世做人，
早早的等著妳！

但若妳不輪迴，
我也不要輪迴——

妳在哪兒，
我都跟著妳！

2004 年 1 月 2 日
寫於深圳

報應

因果報應，
不是迷信。

是事物發展規律，
是宇宙運轉結果。

俗語說種瓜得瓜，
種豆得豆；

又說善有善報，
惡有惡報；

若有不報，
是時辰未到——

一句話，
有因必有果！

其實做人說易不易，
說難不難——

人生在勤，
人生在愛。

做到這兩樣，
生生世世享用不盡！

2004 年 1 月 5 日
寫於深圳

可人兒

可人兒，
真對不住，
把妳激壞了。

我的脾氣，
如此暴躁，
幾乎把妳激昏了。

怎麼辦？
我無心的，
我以後再不發脾氣了。

2004 年 1 月 6 日
於香港火車站餐廳

精彩

每天，
心裡的陽光，
都那麼燦爛。

每天，
心裡的月光，
都那麼溫柔。

每天，
起床至上床，
都活得精彩！

2004 年 1 月 8 日
寫於深圳

看不見的

世間的東西兩大類：
看得見的、看不見的。

看得見的東西重要，
看不見的東西更重要。

比如水看得見，
自是重要；

空氣看不見，
不更重要嗎？

妳對我這麼重要，
不是看得見的美麗——

是看不見的情，
看不見的愛。

2004 年 1 月 9 日
寫於深圳

三寶

人生第一健康，
第二快樂，
第三幸福。

這三樣寶，
不會從天上掉下來，
須自己追覓、爭取！

想得到健康，
要過勞逸得宜生活，
還需適當營養。

想得到快樂，
要無條件付出，
還需別人接受。

想得到幸福，
要懂得珍惜，
還需一點緣份。

2004 年 1 月 16 日
寫於香港

今日的我

今日的我，
不同昨日的我。

今日的我對待妳，
比昨日更溫柔；

今日的我對待妳，
比昨日更體貼。

這一切都自自然然，
因今日的我比昨日更愛妳！

2004 年 1 月 17 日
寫於深圳

新年感言

新年到了，
真是喜悅！

去年比前年，
愛妳多些深些。

今年比去年，
愛妳也會多些深些。

一年比一年，
愛妳都會更多些更深些！

2004 年 1 月 21 日
寫於除夕

喜洋洋

今日是年初一，
全城喜洋洋。

我更喜洋洋，
因身邊多了妳。

這些年來，
我害怕這個節日。

平日不覺得甚麼，
這日會感覺孤零零。

有了妳真好，
年初一也喜洋洋了！

2004 年 1 月 22 日
寫於深圳

孤獨是好事情

孤獨是好事情，
沒有孤獨，
人類就沒有文明。

偉大的發明，
在孤獨中出現；

感人的作品，
在孤獨中產生；

哲者包括佛陀，
在孤獨中開悟；

我在孤獨中，
總是牽掛妳，
這不證明愛妳嗎？

2004 年 1 月 25 日
寫於深圳

快樂

快樂是一天，
不快樂也是一天。

既是如此，
當然要快樂。

快樂令你健康，
快樂令你容光煥發。

快樂令你受歡迎，
快樂令世界燦爛！

2004 年 1 月 27 日
寫於香港

情人節

今日，
是情人節，
我沒有特別感覺。

情人節，
是商人找出來的節日，
他們想多做點生意。

自我牽妳的手那天起，
每一日對於我，
都是情人節。

在每日的情人節中，
我好似沒有特別感覺，
其實對妳的愛日深一日！

2004 年 2 月 14 日
寫於深圳

FAITH

makes things possible...
not easy

2004 春夏

高山症

分開的日子，
不論身在何地，
我都那麼惦掛妳，
那麼愛戀妳。

此刻，身在雪域，
這地方又稱世界屋脊，
我患上了難受的高山症，
仍那麼惦掛、愛戀妳！

2004 年 3 月 12 日
寫於西藏拉薩

一無所有

一無所有，
我一無所有。

自從認識妳，
我漸趨一無所有；

自從愛上妳，
我便完全一無所有。

我一無所有，
應該給妳的都給了；

我一無所有，
值得給妳的都給了；

我一無所有，
活著都為著妳。

一無所有真好，
日子輕輕鬆鬆，鬆鬆輕輕。

2004 年 6 月 15 日
寫於深圳

我的人生

人生幾十年，
生龍活虎幾十年，
太短促了。

正因為短促，
應該做點甚麼，
應該留點甚麼。

我正在做，
有生之日都會做的，
就是全心全意愛妳，
走了，留下對妳無盡的愛。

2004 年 6 月 16 日
寫於九廣火車

變化

我對妳的愛，
已發生變化——

由淡變濃，
由淺變深。

除了變濃變深，
還有許多變化。

比如更純了，
譬如更醇了。

尚有一些變化，
我都說不出。

這些變化，
我都無法控制。

2004 年 7 月 9 日
寫於深圳蓮塘
聚寶花園銀星閣

我仍會

我還有健康，
我還有體力，
請接受我的伺候，
請接受我的愛戀。

在我的伺候中，
盼望妳舒暢；
在我的愛戀中，
盼望妳幸福。

當我衰老時，
伺候妳減了；
當我虛弱，
愛戀妳少了。

那請妳諒解我，
那請妳包容，
但我仍會盡心伺候，
我仍會奮力愛戀。

2004 年 7 月 10 日
寫於深圳蓮塘
聚寶花園銀星閣

親愛的讀者

親愛的讀者，
你快樂嗎？
你幸福嗎？

親愛的讀者，
你每天都快樂嗎？
你每天都幸福嗎？

親愛的讀者，
你每天快樂的時間多久？
你每天幸福的時間多久？

親愛的讀者，
人生苦短，又苦多樂少，
珍惜及享受快樂、幸福呀！

2004 年 7 月 18 日
寫於深圳

寫給馬騮女

此時不搏，
還待何時！

志同道合，
牽手前進；

兩人同心，
其利斷金；

享受人生，
不枉此行。

2004 年 7 月 28 日
寫於深圳

做不到

哲人教導我，
要有平常心。

對任何事，
平常心待之。

對任何人，
平常心待之。

但我的愛人呀！
對妳我做不到，

不論與妳相處或分離，
我都做不到。

與妳相處時，
我無微不至呵護妳。

與妳分離時，
我時時刻刻牽掛妳。

2004 年 7 月 31 日
寫於深圳

美滿

每個人都有缺點，
每個人都有優點；

每個人都有短處，
每個人都有長處。

能夠改掉自己缺點，
能夠利用自己優點；

能夠避開自己短處，
能夠發掘自己長處。

做到這一些，
你的人生必更美滿。

2004 年 8 月 6 日
寫於深圳
(給寶歡，共勉)

滿足了

有人說，
人生該是：
哭著來，
笑著走。

又有人說，
人生該是：
帶著愛來，
留著愛走。

都說對了。
但能做到的，
又有幾人？
真是寥寥無幾！

生老病死，
誰也逃不了；
能遇上妳，
此生我滿足了！

2004 年 8 月 7 日
寫於深圳蓮塘
聚客樓酒家

帶走

有一天，
當我先妳走了，
請不要悲傷。

我會帶走，
那些不好的，
比如我的臭脾氣。

我會留下，
那些溫馨的，
比如我對妳的體貼。

2004 年 8 月 11 日
寫於深圳

等候，迎接

與妳相愛後，
不知等候、
迎接妳多少趟了。

在學校門口，
在公司門口，
在家門口，

在碼頭出口，
在火車站出口，
在機場出口。

每一趟等候、迎接，
心裡都洋溢著溫馨，
都起伏著激情。

當與妳死別後，
我仍會等候、迎接——
在另一個時空的入口。

2004 年 8 月 12 日
寫於深圳

愛情最難

人生最難追求的，
是愛情。

追求財富不難，
古人說小富由儉。

勤儉兩個字，
自能達到小富。

追求學問也不難，
肯下苦功就成。

追求愛情難多了，
幾十年未必找到另一半。

情投意合走在一起，
只是少數一群。

雙方揉為一體的，
那就更少了。

2004 年 8 月 14 日
寫於深圳

感恩

快樂時，
感恩；

不快樂時，
也感恩。

幸福時，
感恩；

不幸福時，
也感恩。

若能這樣，
你就珍惜、熱愛生命。

若能如此，
你就活得無怨無悔。

2004年8月16日
寫於深圳

此刻

明兒離開這兒了，
說不出的傷感。

一年時間，
說短不短，說長不長。

但對於我，
太匆匆了。

幸好還有此刻，
明兒還沒來。

我一邊把此刻拉長拉長，
一邊把妳抱著抱著。

我不讓此刻消失，
不讓妳離開。

2004年8月17日
寫於深圳

緣份

人生擺脫不了緣份，
與地的緣份，
與人的緣份。

由於緣份，
你自然地融化入去，
活得非常快樂。

但當緣份盡了，
就要離開這個地，
就要斷絕這個人。

不要嘆息！
是另一個開始，
是另一個喜悅。

2004 年 8 月 17 日
寫於深圳

不是夢

幾乎走遍了世界，
沒有一個城市比得上深圳。

爆炸性的發展，
小漁村變為大城市。

只是廿年時間，
快得令人驚愕。

尋夢的人四方湧來，
我也來了。

我尋到的不是夢，
是真實的妳。

2004 年 8 月 17 日
寫於深圳

路子

人生真奇妙，
不論是凡人，
或是偉人。

凡人的人生，
平凡中見偉大；
偉人的人生，
偉大中見平凡。

人各有命運，
人各有精彩——
走自己的路子。

2004 年 8 月 17 日
寫於深圳

價值

生命，
每天都在變化。

人生，
每天都有得失。

生命若無變化，
它就終結。

人生若無得失，
它就失去價值。

2004 年 8 月 19 日
寫於深圳

感謝

感謝天地。
沒有天地，
就沒有萬物。

感謝父母。
沒有父母，
就沒有我。

感謝妳。
沒有妳，
我就沒有愛情。

2004 年 8 月 19 日
寫於深圳

今天

今天，
你有付出嗎？
付出甚麼？

今天，
你有收穫嗎？
收穫甚麼？

今天，
你沒有付出，
便不會有收穫！

今天，
你有付出，
便必有收穫！

2004 年 8 月 19 日
寫於深圳

拼搏

敢想，
是成功的一半。

敢做，
是成功的四分一。

敢想敢做，
是成功的四分三。

即使失敗了，
人生也充實。

肯去拼搏，
就沒有白活。

2004 年 8 月 20 日
寫於深圳

抓緊

自從遇上妳，
我警惕自己——
抓緊。

在此之前，
我耽誤了不少青春，
要抓緊了。

抓緊光陰，
好好愛妳，
讓妳一天比一天幸福。

2004 年 8 月 22 日
寫於深圳

心不可以老

只要活著，
不可以老，
心不可以老。

若心老了，
就真的老了，
甚麼勁兒都沒有了。

2004 年 8 月 22 日
寫於深圳

果實

你貧困，
是自作自受。

你富有，
是自作自受。

你悲傷，
是自作自受。

你快樂，
是自作自受。

你痛苦，
是自作自受。

你幸福，
是自作自受。

人生果實，
是你自己播種、栽培。

2004 年 8 月 24 日
寫於深圳

佛說

佛陀說，
眾生平等，
草木有情。

眾生既平等，
就要尊重別人，
也是尊重自己。

草木既有情，
就要呵護別人，
也是呵護自己。

遵依佛的話，
你的人生，
也夠幸福啦。

2004 年 8 月 24 日
寫於深圳

全靠你自己

有人說，
性格不能改變；

又有人說，
性格能夠改變。

若性格不能改變，
命運就不會改變。

性格能否改變，
全靠你自己。

也就是說，
改變命運全靠你自己。

2004 年 8 月 25 日
寫於深圳

愛與恨

你愛別人嗎？
你恨別人嗎？

你不可以不愛別人，
你更不可以恨別人。

你愛別人，
便是愛自己。

你恨別人，
便是恨自己。

說是回饋也好，
說是反射也好。

愛別人回饋了自己，
恨別人反射了自己。

不做蠢蟲。
愛別人吧！

不當笨蛋，
別恨別人。

2004 年 8 月 26 日
寫於深圳

及時

古人說，
及時行樂。
其實甚麼都要及時。

及時學習，
及時工作，
及時……

眼下的我，
要及時的，
是好好疼妳、疼妳。

2004 年 8 月 29 日
寫於深圳
天韵閣西餐廳

當下

有生必有死，
它是生命最後一程，
我不懼怕。

當它來臨，
我微笑著迎接，
平靜地接受。

它來之前，
我做應做的，
切切實實享受當下！

2004 年 8 月 29 日
寫於深圳

2004-05 秋冬

我的職責

鍛煉內功，
不是苦事。

若是苦事，
體內氣血就不舒暢。

師父說，
煉功是甜蜜的。

師祖爺說，
煉功是如痴如醉的。

煉功進入如痴如醉狀態，
就產生性命雙修效果。

愛人呀，我的職責，
要使妳感受甜蜜。

我的愛人呀，我的職責，
要使妳感受如痴如醉！

2004 年 9 月 2 日
寫於香港北角

放鬆

懂得放鬆，
你才能活得好——
精神上放鬆，
肉體上放鬆。

你放鬆了，
才能與大自然溝通，
才能與別人溝通，
才會享受他們的情。

2004 年 9 月 4 日
寫於香港維園

寄語

不要怨恨自己，
更不要怨恨別人；

不要憂慮未來，
更不要悲嘆過去；

活在當下，
快樂地活在當下！

2004 年 9 月 6 日
寫於香港

願望

只要妳快樂，
只要妳幸福，
我甚麼都情願做。

妳快樂了，
妳幸福了，
我就心滿意足了。

2004 年 9 月 12 日
寫於香港

你應該不同

為生存而生存，
有甚麼意思？
有甚麼意義？

為長壽而長壽，
有甚麼意思？
有甚麼意義？

活在人間，
不為生存而生存，
不為長壽而長壽。

老鼠也生存著，
烏龜也很長壽，
你應該不同。

2004 年 9 月 23 日
寫於香港

這一天

今日完結了，
生命也減了一天。

這一天，
你做了些甚麼？

你愛了誰，
令他喜歡？

你接受了誰，
讓自己喜歡？

2004 年 9 月 25 日
寫於香港

愛情

愛情要來，
你抵擋不住。

愛情要走，
你抓不回來。

看不見它，
但你感覺到。

來或走，
你都得接受。

2004 年 9 月 25 日
寫於香港

嫁給我吧

每天都要上班，
妳上班，
我上班。

下班了，
必互通訊息，
必定出約會。

相聚中，
何止男歡女愛，
忘了自己融入對方。

只一會兒，
夜已深，
又須各自回家。

時間太促，
愛妳不夠，
難捨又泛內疚。

嫁給我吧，
在一起生活，
肯定愛妳更多些！

2004 年 9 月 27 日
寫於香港

珍惜，感恩

珍惜，
每一天珍惜。

感恩，
每一天感恩。

每一天珍惜，
每一天感恩。

你做到了，
一定活得很充實。

不僅活得很充實，
也一定活得很快樂。

2004 年 10 月 11 日
寫於深圳

感謝四個人

感謝兩個人：
父親，
母親。

他倆給我生命，
讓我來到人間，
走此一回。

我又感謝另兩個人：
妳父親，
妳母親。

因沒有妳，
我在人間走的此回，
將是白走！

2004年12月8日
深圳蓮塘
聚客樓酒家

理由一個

我快樂，
真快樂。

我幸福，
真幸福。

一個理由：
因為有妳！

2004年12月9日
寫於深圳

走前

有一天，
我會走。

先妳走，
這是我盼望的。

我不能接受，
妳先我走。

走前，
讓我好好愛妳！

2004 年 12 月 9 日
寫於深圳

過程

成功，
要感恩。

失敗，
要感恩。

成功，
不等於你本事。

失敗，
不等於你無用。

人生，
可貴的是過程。

2004 年 12 月 14 日
寫於深圳

得失

得，
不必忘形。

失，
不必介懷。

得了，
可能是失的開始。

失了，
可能是得的開端。

得失，
都是人生享受。

2004 年 12 月 15 日
寫於香港

兩樣做不到

萬事萬物，
都有變數，
分秒產生變化。

故佛家：
一切無常，
應該放下痴迷。

可我做不到，
有兩樣做不到，
此生都會做不到！

這兩樣是：
對妳的情不移，
對妳的愛不變！

2004 年 12 月 20 日
寫於深圳蓮塘
聚寶花園銀星閣

聖誕

聖誕到了，
我快樂又不快樂。

快樂的是，
可以與妳歡聚。

不快樂的是，
我們還沒有自己的家。

明年聖誕，
我們可會有家了？

2004 年聖誕前夕

在你的心中

地獄在哪兒？
在深深的地底下，
還是在某一個時空？

天堂在哪兒？
在高高的天際上，
還是在某一個時空？

地獄不在別的地方，
天堂不在別的地方，
在你的心中。

是地獄，
是天堂，
由你的心自做決定。

2005 年 1 月 3 日
寫於深圳蓮塘
聚寶花園銀星閣

當妳是老太婆

當妳是老太婆，
我仍愛著妳，
更深深的愛著妳。

但有條件：
我仍活著，
神智仍清醒著。

2005 年 1 月 6 日
寫於深圳

生日 2005

又到這個日子，
一月十四日。

別人眼中，
又是一天。

但對於我，
太重要了——

那年今日，
妳媽第一次，
慈愛地抱著妳。

今年今日，
我不知第幾次，
愛戀地摟著妳。

2005 年 1 月 14 日
寫於深圳

靠己

財富在哪兒找？
快樂在哪兒找？
幸福在哪兒找？

地上不會撿到，
天上不會掉下，
全靠自己創造！

2005 年 1 月 20 日
寫於香港

緣・命

都是緣，
都是命。

是緣，
讓我遇上妳。

是命，
讓我受妳控制。

遇上妳又蜜又苦，
受妳控制又暖又嘔氣。

誰叫我身不由己，
誰叫我不能少了妳。

都是命，
都是緣。

2005 年 1 月 31 日
寫於深圳蓮塘
聚寶花園銀星閣

妳

每早醒來，
第一件事情，
就是想妳。

每晚上床，
最後一件事情，
也是想妳。

白天，
妳是我的陽光，
讓我有幹勁工作。

夜晚，
妳是我的月亮，
讓我感覺溫馨暖和。

2005 年 1 月 31 日
寫於深圳

2005 夏
至 2012 春

追求，放棄

人，
要懂得追求。

人，
更要懂得放棄。

應該追求的，
要追求。

應該放棄的，
要放棄。

懂得追求，懂得放棄——
人生才會美好！

2005 年 6 月 18 日
寫於深圳

想妳愛妳

想妳愛妳，
分開時想妳，
相見時愛妳。

今生不夠，
因相遇太晚，
來世更想妳愛妳。

2005 年 8 月 20 日
寫於深圳

分開的日子

分開的日子，
總是那麼思念妳。

今天更思念，
泛著淡淡的哀愁。

又有濃濃的愛戀，
因整天下著毛毛雨。

2005 年 8 月 20 日
寫於深圳

三大目標

哲人說，
人生目標有三：

第一生活，
第二好好生活，
第三更好生活。

我也說，
人生三大目標：

第一愛妳，
第二好好愛妳，
第三更好愛妳。

2005 年 8 月 24 日
寫於深圳

你是宇宙

人是小宇宙，
是大宇宙的一部分。

若你的思想不純潔，
就污染了宇宙。

若你的情感不真誠，
就醜陋了宇宙。

若你的行為沒有愛，
就傷害了宇宙——

你是宇宙，
宇宙是你。

2005 年 9 月 3 日
寫於深圳

你還活著

你還活著，
還健康地活著，
這比甚麼都好。

既然你還活著，
就要為別人做點事，
更要為別人留點甚麼。

2005 年 9 月 4 日
深圳
（寫給自己）

生活是甜滋的

有人說，
人到了一定年紀，
須考慮「有三老」：

有些老本，
有個老伴，
有幾位老友。

看似未雨綢繆，
骨子裡卻透出，
一絲絲悲涼。

人誰個不會老，
老了出了問題，
想解決也有心乏力。

但宇宙是公平的，
因你也曾年輕過，
活在當下最甜滋。

2005 年 9 月 5 日
寫於深圳蓮塘
肯德基餐廳

一瞬

地球，
存在四十六億年了。

我咧，
存在幾十年了。

相對而言，
我存在只是一瞬。

一瞬竟這麼甜美，
因我愛妳。

一瞬竟這麼幸福，
因妳愛我。

2005 年 11 月 13 日

祝福你

地球的年齡，
四十億年了。

人類的壽命，
百歲已罕有。

相對之下，
我們只活了瞬間的剎那。

太匆匆了，
人生眨下眼。

擁抱快樂啊！
每天都擁抱。

享受幸福呀！
每天都享受。

祝福你，
不枉此生。

2005 年 12 月
寫於深圳

早早

我相信有來世，
肯定有。

來世我早早來，
早早覓妳。

盼妳讓我早早覓著，
早早愛妳。

早一日覓著，
多一日悅愉、甜蜜。

早早愛妳就可愛個夠，
早早愛妳就可愛個透。

今世覓著妳太遲了，
愛得太少太稀。

來世早早覓著妳，
讓我愛妳愛得夠愛得透。

2005 年 12 月 15 日
寫於深圳

生日 2006

今天，
又是妳的生日，
妳又添上了一歲。

妳的生命，
又減了一年，
我亦一樣。

一天過了，
一年過了，
妳我的生命都在隨減。

珍惜啊！
珍惜生命裡每一天，
每一天妳我，
都更深愛著對方。

2006 年 1 月 14 日
寫於深圳

心裡有妳

外面下雪了，
但我並不冷，
因心裡有妳。

天氣酷熱寒冽，
我都不在乎，
心裡有妳就好了。

2007 年 12 月 25 日

我與妳

我講情，
我講爱，
我講理，
妳亦是！

我與妳的分野是：
我脾氣火爆，
妳溫順；
我脾氣奇臭，
妳脾氣無味。

2012 年 3 月 15 日
下午 11 時 37 分

FAITH
makes things possible...
not easy

2015-16 秋冬

我的愛是全部

女子對愛，
男子對愛，
誰更渴望？

有說愛情是：
「男子生命的一部分，
女子生命的全部。」

我不認同，
絶不認同，
不能一概而論！

我是男子，愛上她，
不是生命的一部分，
是生命的全部！

2015 年 9 月 4 日

一首詩就不朽了

有人說：
一位詩人，
能有一首名作，
他不朽了。

中外古今，提起某名詩人，
人們就聯想到他一首詩，
這首詩就是他的名作。

這首詩，
不是他寫的，
神寫的。

神點撥他一下，
給了他感觸，
他就寫出來了。

2015 年 9 月 4 日

倚著我

真美妙，
兒時的回憶，
回來了。

不是回憶回來了，
是活生生的事實，
在眼前。

坐在夜空下，
看月亮，
望星星。

涼風習習，
有時陣陣，
心愛的人倚著我。

2015 年 9 月 6 日
寫於翡翠山

男人多麼自私

諺語說：
「一位成功的男人，
背後有一位女人。」

獅子燁說：
「健康長壽的男人，
身邊有一位女人。」

一位男人，
有此「背後及身邊」、
二合一女人，
還有何求？

無求了，
不枉此生了，
男人多麼自私！

2015 年 9 月 9 日

漸悟與頓悟

禪宗，
有漸悟之說，
有頓悟之說。

其實是：
頓悟由漸悟而來，
沒有漸悟，何來頓悟？

覺醒或覺悟，
只一瞬間發生，
如燒水到一百度即沸！

漸悟是頓悟之母：
一點一滴匯聚，
自會水到渠成！

2015 年 9 月 10 日

疼愛

一百個人中，
有九十九人，
以為自己聰穎。

第一百個人，
是我，我愚笨，
腦愚嘴笨。

聰穎有甚好！
我只盼望，
有人疼愛。

2015 年 10 月 26 日

甚麼是幸福

甚麼是幸福？
你愛別人，
別人接受了，
享受著，
是幸福。

甚麼是幸福？
別人愛你，
你接受了，
享受著，
是幸福。

2015 年 12 月 1 日
寫於翡翠山

珍惜・感恩

要珍惜，
要感恩，
年輕時不懂，
便也不會做。

時間都跑去哪兒了？
中年以後，
懂得了，
便也會做了。

懂得珍惜，
懂得感恩，
就活得更充實，
更快樂幸福。

2015 年 12 月 7 日
寫於銅鑼灣翠華餐廳

更惦念妳

天寒地凍，
下著毛毛雨，
更天寒地凍。

入夜，寒凍入骨，
妳不在，
更寒凍入骨。

躲在家裡，
足不出户，
啃饅頭，讀詩集。

讀倦了，
閉目養神，
更惦念妳。

2015 年 12 月 9 日

靠自己

人生，
離不開得失。

具體些說，
每天離不開得失。

今天，你得到甚麼？
失去了甚麼？

得，未必有。
失，肯定有！

今天過去了，
你失去了今天。

今天得到甚麼？
靠你自己了。

2015 年 12 月 11 日

暖洋洋

人各有志：
有人重名，
有人重利，
有人重權。

我重愛，
我重情，
愛與情，
暖洋洋。

暖洋洋，
令我舒暢，
令我喜悅，
令我幸福。

2015 年 12 年 13 日
寫於美城花園

黃金歲月真美

年輕時，
怎麼窮，
怎麼苦，
不要緊，
撐得住！

年老時，
身體好，
不愁窮，
不愁苦，
享受著！

要晚年好，
少壯就得努力，
勤奮多些，
儲到錢，儲到愛，
美麗的黃昏歲月，
是你的！

2015 年 12 月 14 日
Eagle 補充於翡翠山華美達酒店

甚麼是驚喜

甚麼是驚喜？
以為不會得到，
得到了，
是驚喜。

甚麼是驚喜？
以為不會做到，
做到了，
是驚喜。

2015 年 12 月 17 日

積極向上

新的一年：
2016，
幾個鐘頭後，
就降臨了！

甚麼願望？
我祝福你，
更祝福自己：
積極向上！

不管甚麼願望，
沒有積極向上精神，
一切都是幻想，
幻想，即幻影！

積極向上，
成果基石！
踏上基石，
成功第一步！

踏了成功第一步，
就邁向第二步。
一直積極向上，
必擁有美好的人生！

2015 年 12 月 31 日
寫於天后樂窩

空氣太甜美了

空氣太甜美了！
這兒是金沙灘，
在臨高縣，
北望雷州半島，
鄰縣是澄邁縣，
這帶是世界著名的長壽鄉！
空氣好，
水質好，
土質好！

2016 年 1 月 27 日
寫於海南島金沙灘

詩情畫意

無敵海景，
從家裡望出去，
詩情畫意。

今天毛毛雨，雨濛濛。
默對長空，遠眺大海，
站天地樁，效果特別好！

2016 年 1 月 18 日
寫於海南島金沙灘

金沙灘

金沙灘的海，
不是一年四季、
春夏秋冬不同，
是每天廿四小時不同。

潮漲潮退不同，
晴天陰天不同，
毛毛雨傾盆大雨不同，
景象各有特色。

白天晚上更不同。
白天，藍天白雲碧浪，
晚上，萬顆星光閃爍，
都牽引著我心底情懷。

從早至晚都相同：
聞不到汽車廢氣，
聽不到汽車按號，
寧寧靜靜，清清新新。

2016 年 1 月 30 日
寫於海南島金沙灘

再說金沙灘

金沙灘，
金色年代，
金色人生。

藍天白雲，
海面泛波，
水連天。

一塊淨域，
世外桃源，
中華寶地。

我亦宇宙，
宇宙亦我，
天地人和諧。

2016年1月30日
寫於海南島金沙灘

難得

從家裡到沙灘，
步行五分鐘就到。
這天一眾人走到沙灘，
聽著白頭浪拍岸。

一時興起，
耍了一段動功；
從心所欲，
非常暢爽。

徒兒向徒孫說：
師公露了招，
你開了眼界，
真是難得。

不是徒孫難得，
是我自身難得；
動功耍得柔軟，
筋膜仍有彈性。

2016年2月2日
寫於海南島金沙灘

樂窩

樂窩，
天后樂窩，
第一個春節。

老婆，
美麗老婆，
融造了樂窩。

2016 年 2 月 10 日

活到九十九

疼愛，
疼愛老婆，
疼愛不得了！

樂窩，
鄰近維園，
老婆每天都要去！

拉筋，
輕鬆散步，
活到九十九！

2016 年 2 月 12 日
寫於樂窩

番薯

臨高的番薯，
品質最佳！
鄰近火山口，
土壤零舍不同！
有十幾種品種！
好粉！
真好吃！
我，獅子燁吃到了！

2016 年 2 月 13 日
寫於海南島金沙灘

老婆節

今日，
情人節。
今日，
老婆節。

情人，
是老婆；
老婆，
是情人。

情人節，
老婆節，
日日都是，
活著就是。

2016 年 2 月 14 日
寫於天后樂窩

FAITH
makes things possible...
not easy

2016 春

我為妳而活

我為妳而活，
妳活一年，
我就活一年零一天。

我為妳而活，
妳活十年，
我就活十年零一天。

我為妳而活，
妳活廿年，
我就活廿年零一天。

我為妳而活，
妳活卅年，
我就活卅年零一天。

我為妳而活，
活著為守護妳，
活著為錫燶妳！

我為妳而活，
有一天，妳不在了，
我就可以不在。

2016 年 3 月 11 日
寫於天后樂窩

寫給每個人

一個人，
一件事，
一本書，
一句話，
都可改變，
你的命運。

是哪一個人，
是哪一件事，
是哪一本書，
是哪一句話，
每個人都不同，
且看你的福分。

每個人，
上天都給時機，
上天都給緣份。
你若不在意，
便擦肩而過，
時不再來了。

每一天，
懷著感恩的心，
懷著珍惜的心，
來了，
緊緊抓住，
擁抱著，
不放開。

2016年3月11日

與去年一樣

這一個月，
下了多場雨，
有大雨，
有小雨，
有毛毛雨。

屋前的芒果樹，
得到充足甘露，
開花了，
快結果，
結鮮甜的果。

第一顆熟果，
第二顆、第三顆……
都是妳的，
不跟妳搶，
讓妳吃個夠！

這品種芒果，
太好吃了。
待妳吃夠，
吃個痛快，
我才吃，與去年一樣。

2016 年 3 月 25 日
寫於翡翠山愛丁堡

正念

有人提問，
正氣有益身體，
他想健康，
怎做才有正氣？

那還不容易！
正氣來自正念，
擁有正念，
就有正氣！

2016 年 3 月 27 日

做人

站得矮，
望得近，
沒有遠見。

站得高，
望得遠，
是大智慧。

2016年3月28日

我愛妳

天長地久：
天能夠長，
地能夠久，
因它們充滿愛！

多少億年了，
天地無怨無悔，
一直默默承受，
只無私付出。

我對妳一樣：
充滿著愛！
無怨更無悔，
只天荒地老付出。

妳發脾氣，
不管有理無理，
天地是我師父：
「默默承受，我愛妳！」

2016年4月2日
寫於翡翠山愛丁堡樂窩

翡翠山售樓大堂

很喜歡翡翠山售樓大堂，
地方又闊又高又堂皇，
與徒兒徒孫喝著咖啡，
聊天，享受悠閒的下午。

或獨自一個人，
靠坐在高背椅上，
看書，寫詩，寫 WhatsApp，
將關心及愛傳送出去。

2016 年 4 月 4 日
寫於翡翠山售樓大堂

無題

不要內疚，
不要說對不住，
妳向我發脾氣，
表示對我有感覺！

有感覺就好了，
若對我冷淡、麻木，
我就會悲傷，
我就會痛苦。

2016 年 4 月 4 日
寫於翡翠山愛丁堡樂窩

謝謝

打雷了，
閃電了，
下雨了。

兩個花園裡，
花草樹木，
蔬果瓜茄淋個飽了。

你們悄聲向我耳語：
明天不要澆水了，
謝謝你悉心的照料。

不要謝謝，該我謝謝：
你們每天成長，給我喜悅；
蔬果瓜茄，太好吃了！

閒時我在你們身邊，
看書、聽音樂，或煉功，
你們都靜靜陪伴著，謝謝。

2016 年 4 月 4 日清明節晚上
寫於翡翠山愛丁堡樂窩

要愛天地

深深吸一口氣，
吸滿，全身都滿。
吸進了天的精氣，
吸進了地的精氣。

逗留一下，
須呼了。
緩緩地呼，
把體內濁氣全呼出。

天長地久，
天地無私付出。
給我們精氣，
納我們濁氣。

我們活著，
全靠天地。
要愛天，
要愛地。

2016 年 4 月 5 日
寫於翡翠山愛丁堡樂窩

我認得

千年的修行，
千年的緣份，
今生遇上妳，
我認得。

一不開心，
就嘟著嘴，
千年前的妳，
就是這麼刁蠻。

家中么女，
父母疼愛，
哥哥呵護，
姐姐惜讓。

回來我身邊了，
一切都依舊。
我認得，是妳，
寶貝呀，寶貝！

我認得妳啊，
妳父母哥姐，
怎比得上我順妳，
怎比得上我疼妳。

2016 年 4 月 5 日
寫於翡翠山愛丁堡樂窩

我的幸福不一樣

俄國大文豪托爾斯泰說：
「幸福的家庭，
都是一樣的。」

我可認為：
「幸福的家庭，
不一樣的。」

感覺不一樣！
我的，就不一樣：
酥了，醉了，融化了。

我的幸福，
不可以描述，
因妳不一樣。

妳是唯一的，
人世間唯一的，
我的幸福不一樣。

2016 年 4 月 7 日
寫於翡翠山售樓大堂

澆水啊

藍天白雲，陽光普照，
我躲在熱情果竹棚下，
看書，忘我了。

艷麗的蝴蝶翔來探訪，
活潑的鳥兒飛來歌唱，
倦了，合上書。

花草樹木、蔬果瓜茄，
悄悄同聲向我耳語：
燁哥，太陽下山，澆水啊。

我們誰喜水誰忌水，
燁哥，你都知道我們特性；
澆得不多也不少呀。

子時，萬物茁長，
我們長得特別快，
請靜心聆聽我們成長聲音。

2016年4月8日
寫於翡翠山愛丁堡樂窩
後花園

寧與愛人

人活世間，
難有百歲；
學業、工作、「見周公」，
去掉了五分之四。

娛樂及運動，
又花了些時間；
所剩寥寥無幾了，
相愛能有幾刻？

許多男男女女，
一生未曾牽過手，
未曾海邊散過步，
聽著浪聲擁抱深吻。

人生苦短，
為甚而活？
有人為權慾，
有人為髒錢。

我寧與愛人牽著手，
在海邊散步聽浪聲；
寧與愛人露天茶座喝咖啡，
相偎著衷心互訴愛意。

2016年4月8日

珍惜

人，
年輕時，
不愛惜自己，
不會愛惜自己。

青春，
浪費掉了。
健康，
糟蹋掉了。

時光不倒流，
年老了，
後悔了，
已遲了。

不晚，
珍惜每一天，
每一天都可貴，
過得充充實實。

2016 年 4 月 8 日

一念

修道，
第一個字：
靜。

怎麼能靜？
猿心馬意，
靜不了！

有妙方：
一念代萬念，
特效！

用上這一念，
就能靜了，
妄想沒了。

哪一念？
有德的人，
師父會告訴你。

2016 年 4 月 9 日

故我在

愛妳，
我愛妳，
故我在。

妳接受或否，
我都愛，
不能不愛。

愛妳，是我的事。
妳接受，我在；
妳不接受，我也在。

愛妳，我便在了，
因心中湧著感覺。
有感覺，故我在。

2016 年 4 月 14 日

動物

一位熟人，
吐露心事，
他的擇妻觀：
「娶老婆，
最好娶孤女。」

「孤女無父無母，
無親無戚，
娶了她，
一心一意愛你，
死心塌地跟你！」

男人啊，
自私的動物！

2016 年 4 月 17 日
寫於布吉
百合酒店維也納大堂吧

當下

當下，
活在當下。
當下是甚麼？

是此時此地，
沒有別的，
身心凝聚一起。

沒有過去，
沒有未來，
只是這一剎那。

你的身，
你的心，
融化在這剎那。

是痛苦，
是快樂，
是幸福。

清清晰晰，
感受到，
別無他念。

這是你，
你活著，
你存在著。

在當下，
一剎那間，
也是永恒。

2016年4月20日
寫於深圳蓮塘
生命中值得懷念的一個地方

活在當下

知道當下，
認識當下，
才會懂得生命，
才會享受生命。

許許多多人，
糊糊塗塗來了，
糊糊塗塗走了，
枉了父母心機！

不知道當下，
不認識當下，
行屍走肉過日子，
一眨眼，幾十年沒了。

糊糊塗塗走一回，
枉了千年修得的今生。
有來生？誰知曉！
活在當下，人生精彩。

2016 年 4 月 21 日
寫於百仕達喜薈城 Gaga 餐廳

甚麼都知道

哲學家問：
我是誰？
從哪兒來？
又會哪兒去？

保安員問：
你到哪兒？
要做甚麼？
先登記姓名！

修煉家不問：
只是存在。
甚麼也不想，
卻甚麼都知道。

2016 年 4 月 24 日
寫於翡翠山愛丁堡樂窩
（注：哲學家重理論，修煉家重實踐；光有理論，只是空談；實踐上了，會有結果。）

宇宙，陰陽組成

生，寄也；
死，歸也。
寄寄歸歸，
歸歸寄寄，
輪迴著。

寄之，
三維時空；
歸之，
六維時空；
兩者，互不通。

三維時空，
物質世界；
六維時空，
精神世界。
宇宙，陰陽組成。

2016 年 4 月 25 日
寫於惠城德威金色商廈
附近一家 KFC

紅豆杉與我

紅豆杉，
一級保護植物，
徒孫送來一棵。

或在搬運途中，
受到了驚嚇，
新家住下，有葉子泛黃。

我每天愛戀凝望它，
又細心澆適量霧水，
黃葉便漸漸翠綠了。

萬物都有靈，
都有愛，都需愛，
紅豆杉也是！

它一天天成長，
添新芽長新葉，
令我賞心悅目。

2016 年 4 月 26 日
寫於翡翠山愛丁堡樂窩

再說「當下」

「當下」兩字，
誰都認識，
甚或曾說過。
做到的，
有幾人？

能理解，
已難了。
能做到的，
千中無一，
萬中無一。

能做到「當下」，
即活在當下，
一天等於三天、五天……
人生不枉耗了，
充充實實，不白過。

修行，
或修道，
離不開當下。
不枉的人生，
都在當下中。

2016年4月28日
寫於翡翠山售樓大堂

天空情況變了

我家花園，
天空情況變了。
初時，黃昏時分，
蝙蝠滿天飛翔著，
吞食密麻麻的蚊子。

附近環境改觀了。
如今，沒了蚊子，
蝙蝠都不來了。
多了蜜蜂，多了鳥兒，
多了緩飛著艷麗的蝴蝶。

2016年4月28日
寫於翡翠山愛丁堡樂窩

真開心

今天，真開心，
家裡花園添進了：
一棵龍眼樹、
兩棵芒果樹、
一棵羅漢松。

龍眼樹最大棵，
可遮蔭乘涼了；
芒果樹明年可結果；
羅漢松矮小，枝葉卻强勁。
以後每天，我們互陪伴著。

2016 年 4 月 30 日
寫於翡翠山愛丁堡樂窩

今生

不為來世，
只為今生，
因為有妳。

因為有妳啊！
在今生，
一切都在今生了。

2016 年 4 月 30 日
寫於翡翠山
華美達酒店湖畔吧

六字真言

珍惜，
感恩，
當下。
這六字真言，
看似簡單。

做到了啊，
生命就有變化。
量變化，質變化，
時光不白流了！
人生必然燦爛。

2016 年 4 月 30 日
寫於翡翠山
華美達酒店湖畔吧

福氣・福分

福氣是甚麼？
上了年紀，
生活安定，
不憂慮明天，
這就是福氣了。

福分是甚麼？
不分年紀，
付出少少，
收穫卻多多，
前世積下的果。

2016 年 5 月 1 日
寫於翡翠山
華美達酒店湖畔吧

因為有妳

我是誰？
我是我。
不思考從哪兒來，
不思索往哪兒去！

思考不會有結果，
思索不會有結果；
哲學家們幹的傻事，
沒興趣，與我何干！

我只為今生，
因有妳啊！
一切都只為有妳，
活著都因為有妳。

2016 年 5 月 1 日
寫於翡翠山
華美達酒店湖畔吧

情不移

匆匆那年，
匆匆那一天，
妳我遇上了。

妳在香港，
我在澳門，
匆匆聚，匆匆別。

香港澳門，
一海相隔，
似很近，似很遠。

沙士爆發那年，匆匆的，
十三年過去了，
時光走了，妳我情不移。

2016 年 5 月 3 日
寫於喜薈城 gaga 鮮語

ONLY

只有妳，
我的至愛，
我的女神，
可令我不悅，
可令我傷心。

在此店，
買一件新衫，
妳說太貴了，
有特別含意呀！
只有妳，配 ONLY 店。

2016 年 5 月 3 日
寫於喜薈城滿記甜品

祈福

一個人，
孤單單的，
坐不是，
立不是，
卧也不是，
心裡總惦念著妳。

妳偕珍姐她們，
到南華禪寺，
參拜六祖祈福去了；
今天又大風又大雨，
妳著衫少，不帶傘，
韶關氣溫低五度呀！

到南華禪寺了嗎？
上香參拜六祖了嗎？
參拜時虔虔誠誠，
就會感應慧能六祖，
向妳悄聲耳語訓示：
不要丟下他一個人在家。

2016 年 5 月 3 日
寫於喜薈城 gaga 鮮語

我對妳

沒有甜言蜜語，
沒有蜜言甜語，
都是誠言實語，
都是實言誠語。

我對妳的承諾，
都是誠言實語；
我對妳的情愛，
都是實言誠語。

2016 年 5 月 4 日
寫於喜薈城 gaga 鮮語

愛

甚麼力量最偉大？
甚麼力量最神奇？
愛也，愛也！

沒有愛，
萬物活不了，
包括萬物之靈人類。

我從愛中來，
一直活在愛中，
沒有愛，活不了。

2016 年 5 月 29 日
寫於翡翠山愛丁堡樂窩

FAITH

makes things possible...
not easy

2016 夏

快快回來

妳不在身邊，
第四天了。
日子真是難過！

吃的穿的，
喝杯咖啡，
都要自己動手。

妳在身邊，
無微不至照料，
哪需我費神！

更難過的啊，
心裡空洞洞，
如黑洞，深無底。

竟忍心，竟放心，
讓我獨居四天了，
快快回來，快快回來……

2016 年 6 月 13 日
寫於翡翠山愛丁堡樂窩

識貨

同讀一本書，
同跟一位師父，
有人不吸滴水，
有人收穫滿溢。

關乎「識貨」與否，
且看自身造化了。
不識貨，當草；
若識貨，當寶。

2016 年 7 月 2 日
寫於翡翠山
華美達酒店湖畔吧

留下

宇宙，
變化著。
萬事萬物，
都在變化著。
不是每天變化著，
是每一分鐘變化著。

只有一樣不變化，
我的情，我的愛，
對妳的情愛不變化。
我會老去，
我會死去，
對妳的情愛留下。

2016 年 7 月 4 日
寫於翡翠山
華美達酒店湖畔吧

做個有用的人

你幾歲了？
廿？卅？四十？
五十？六十？
七十？八十……

不論幾多，
做個有用的人！
怎是有用的人？
有愛，付出愛！

對身邊的人，
對親朋戚友，
有愛給他們，
是小愛！

對社會，
對地球，
有愛給它們，
是大愛！

有愛，付出愛，
小愛也好，
大愛也好，
你是有用的人！

付出小愛，
又付出大愛，
你是人中人，
又是人上人！

2016 年 7 月 4 日

守護神

守護神，
每個人都有，
遇上疑難事情，
祂會提醒、指點。

有些人「聽」到，
有些人「聽」不到，
若心神不在，
當然「聽」不到。

有些人做事，
總是焦頭爛額；
有些人諸事順遂，
都與守護神有關。

自以為聰明，
或得意忘了形，
少了一顆謙卑的心，
守護神都會離你遠去。

2016 年 7 月 5 日
寫於翡翠山
RAMADA 酒店湖畔吧

笨蛋一名

一個人，
活在世間，
最大的「敵人」，
是誰呢？

是自己。
每個人都這樣，
自以為聰明，
許多時候，都是笨蛋一名。

2016 年 7 月 5 日
寫於翡翠山
華美達酒店湖畔吧

面相心相

一個人面相，
美或醜，
養眼或不養眼，
父母給與，
這為先天。

一個人心相，
正或邪，
順眼或礙眼，
是由心生，
這為後天。

修道開了智，
一望就能看透，
對方是善是奸。
近好人，遠歹人，
你的人生便暢爽。

2016 年 7 月 7 日
寫於翡翠山
RAMADA 酒店湖畔吧

有福了

「感恩」這個字詞，
誰都知道；
「珍惜」這個字眼，
誰都明白。

但做到的，
又有幾人？
切實做到，
他有福了。

2016 年 7 月 8 日
寫於翡翠山
RAMADA 酒店湖畔吧
（意大利咖啡，一邊喝，一邊感恩、珍惜……）

鬼老靈，人老精

「鬼老靈，
人老精。」
一半一半，
一半錯，一半對。

鬼幾歲算老？
不去輪迴嗎？
我們全不知道，
「鬼老靈」，誰曉得！

人老，指人成熟，
見識多了，
吃虧多了，
便會「精」。

2016 年 7 月 8 日

咖啡與詩

意大利咖啡，
杯子很小，
啡味濃郁，
一小杯夠了。

喝了，有點醉，
有點飄飄然然。
一邊喝，一邊寫詩，
盼望有妳喜歡的。

2016 年 7 月 8 日
寫於翡翠山
RAMADA 酒店湖畔吧

三寶

人有三寶：
精、氣、神；
少一寶，
都活不了。

宇宙一樣：
三寶精、氣、神；
即熱、力、光，
熱是精，力是氣，光是神。

人的三寶，
與宇宙三寶，
好好相互對流，
就會身強力健。

2016 年 7 月 9 日

難得糊塗

不介懷，
是笨蛋。
我想更上一層樓，
做個糊塗蛋。

清初名士鄭板橋，
留下了名言，
「難得糊塗」，
流傳幾百年了。

聰明難，糊塗更難。
聰明做人便太精明，
知心朋友沒一個，
難得糊塗心坦然。

2016 年 7 月 9 日
寫於翡翠山
RAMADA 酒店湖畔吧

寫給自己

年輕時，
怎麼苦，
怎麼窮，
捱得住的。

晚年時，
不要苦，
不要窮，
心裡踏實。

「感恩」啊，
「珍惜」啊，
「當下」啊，
擁抱這六字真言。

2016 年 7 月 11 日
寫於翡翠山愛丁堡樂窩

知「位」常樂

「知足常樂」，
這四個字，
有點消極，
有點無奈，
有點牽強，
有點自欺，
有點……

人須知「位」，
知道自己位置。
不自卑，不自驕，
在「位」上做人，
在「位」上做事。
就會常樂，
踏實常樂。

2016 年 7 月 15 日

精進

出家人，
晚課完畢時，
一邊敲木魚，
一邊吟唱：
「今日已過，
命亦隨減。」

他們精進，
不枉耗時光，
每天修行，
研習佛理，
認識宇宙，
悟解生命。

我們普通人啊，
更須精進，
珍惜每一天：
怎麼活著，
怎麼對待別人，
怎麼對待自己。

2016 年 7 月 17 日

改變命運靠自己

有人說：
「老了，沒用了。」
我聽了，
替他難過！

老了，怎可沒用？
要有用啊！
別人不能少了你，
這就「有用」！

可有可無，
甚或累贅，
你就「沒用」，
那就太淒苦了！

若如是啊，
祈求上帝，
或太上老君或佛祖，
早早召喚回去。

這不合宇宙規律！
一個人受苦受難，
或消受福分福報，
上天「話事」，不由你！

可改變嗎？
當然可以！
早醒覺，早行動，
改變命運靠自己！

2016 年 7 月 19 日

愛妳

語言，
及文字；
都無法表達，
對妳的愛。

心裡，
激盪著愛妳；
妳感受到麼？
我該怎麼辦……

2016年7月22日

來生

人的腦袋，
大約十五磅，
小頭大頭，
差不了幾多。

有人聰慧，
有人蠢笨，
怎會這樣？
前生修來的？

笨蛋如我，
趕緊用功哦，
一邊修煉，
一邊讀書。

修得幾深，
要意誠！
讀得幾多，
要用心！

活到老，
學到死；
智慧融入靈魂，
來生不蠢笨了。

2016年7月26日

心滿了

相識滿天下，
有甚麼用！
知己有幾人？

相識多，
枉耗就多；
須應酬呀。

知己才有用！
冷時，給你溫；
痛時，助你消除。

我不要相識多，
能有知己一人，
心滿了，意足了。

2016年8月6日
寫於 Pacific Coffee

自修

一個人，
或一本書，
或一句話，
可令你命運改變，
機緣須抓緊！

每個人，
獨一無二。
面貌上，
氣質上，
吐談上都是。

是哪一個人，
是哪一本書，
是哪一句話，
能與你對上，
非常奇妙！

地球說大不大，
人海說茫不茫；
萬物萬事因緣孕育，
這為宇宙規則，
果報自修來的。

2016年8月8日

道

大道至簡，
修道更簡！
「道不遠人，
人自遠之。」
道就在生活中。

有道的人，
又愜意又快樂，
又健康又長壽。
與天地合一，
與宇宙合一。

2016 年 8 月 15 日

我的家很美

我的家很美，
連同兩個花園，
佔地七千多呎。

環境這麼美，
我會好好讀書，
也會好好煉功。

有所悟，
有所得，
便記下來。

必傳承，
傳給愛我的人，
傳給我愛的人。

2016 年 8 月 29 日

FAITH
makes things possible...
not easy

2016 秋

求妳啦

我心裡，
裝滿了情，
裝滿了愛，
沉甸甸。

給妳啊，
給了輕鬆！
求妳接受，
祈妳享用。

2016 年 9 月 6 日

懂得了

年輕時，
不懂得感恩，
不懂得珍惜，
不懂得當下。

如今呢，
懂得了感恩，
懂得了珍惜，
懂得了當下。

每一天，
每一刻，
心裡都踏實，
心裡都喜悅。

享用天地的賜予，
享用別人的賜予；
也去珍愛天地，
也去珍愛別人。

2016 年 9 月 7 日

鍛煉好時分

坐在 RAMADA Hotel，
本區五星酒店，
湖畔吧沙發喝咖啡，
真是一種享受。

因是每天熟客，
男女侍者熱情，
招呼非常到位，
我多喝意大利咖啡。

坐在這兒，
靈感泉湧，
兩年之間，
寫了幾百首詩。

望著湖對面商業街，
靜中帶旺透詩意，
徒兒商鋪，
就在這兒。

徒兒啊徒兒，
好好愛惜自己，
每天在樂窩私家山路，
用我傳授的心法行走！

這是強身行功啊！
上是天，下是地，
迎著習習山風貓步，
是鍛煉好時分啊！

2016 年 9 月 7 日
寫於翡翠山
華美達酒店湖畔吧

萬物有靈

拙作《我的家很美》，
傳給幾位老友，
他們為我高興，
多謝他們了。

家裡花園，
一隻銅獅守護著，
威風凜凜，
眼神非常堅定。

每趟與牠互視，
牠威武的神情，
給我力量，
令我心安。

萬物有靈，
每一件「物」，
端放適當位置，
就有不可思議靈氣。

2016 年 9 月 9 日

聰明與智慧

聰明的人很多，
他們中，
不快樂的不少，
不幸福的更多！

見到眼前「著數」，
就「擒擒青」奪取，
種下了後患，
聰明反被聰明誤！

智慧的人很少，
他們中，
不快樂的絶少，
不幸福的稀有！

站得高就望得遠：
種下了良籽，
結出了好果，
就有好收成。

2016年9月10日

維園

維園靜悄悄，
雨後的維園，
另有一番詩意。

這兒，我留下：
很多腳印，
很多二氧化碳。

港島唯一「活肺」，
市民們忙碌整天，
難得到此鬆一鬆。

幾十年了，
曾在雨中漫步，
曾在深夜深思人生。

2016年9月20日

我的家在山上

我的家，
在山上，
樹木花草茂盛，
有湖還有泉流。

我望著山，
原來山也望著我。
我望著湖，
原來湖也望著我。

山山水水，
水水山山，
還有我，
分不出主客。

都是天地一份子，
是主人，
也是客人，
主客相互關愛。

不只和諧，
也融合了。
我的家在山上，
我的情感與天地相往來。

2016 年 9 月 20 日
寫於翡翠山愛丁堡樂窩

早日

早日，
愈早愈好，
學會感恩；

早日，
愈早愈好，
學會珍惜；

早日，
愈早愈好，
學會當下；

你的人生，
就不一樣了。

2016 年 10 月 2 日

子呀、子呀

近月細讀聖賢書，
都是子呀、子呀：
老子、孔子、孟子、莊子，
愛不釋手，讀了又讀！

心有疑惑，心有奇想：
二千多年前物質貧乏，
古人生活非常困苦呀，
包括這些子呀、子呀。

穿不暖、吃不飽，
哪有甚麼營養呀，
但他們竟這麼智慧，
不朽文筆寫下不朽經典！

子呀、子呀，
衷心欽敬你們，
萬分銘感你們，
讓我茅塞頓開！

稱呼你們子呀、子呀，
含有無上的尊敬，
更有熱誠的暱稱，
你們太有智慧了。

你們走了二千多年，
一直活在，
一代代中國人心中。

2016 年 10 月 4 日

人生三件事

我們來到人世間，
不容易，不容易啊，
不是想來就能來，
與萬千因緣份不開！

既然來了，
要珍惜啊。
人生不外三件事：
不做三件事，做三件事。

不做三件事：
不自欺自己，
不欺凌別人，
不被別人欺凌。

做三件事：
疼愛自己，
疼愛別人，
被別人疼愛。

2016 年 10 月 6 日

要讀經典

聰明與智慧，
是兩回事，
聰明的人多，
智慧的人少。

有一句老話：
聰明反被聰明誤。
沒有智慧，反被智慧誤；
有智慧，不會犯錯誤。

讀諸子百家經典，
就可啟發智慧，
中華傳統文化精華，
都在裡面，不可錯過。

2016 年 10 月 19 日

簡簡單單

現代人，
物質生活愈來愈複雜，
精神思維愈來愈錯綜，
容易累，
不知所措。

古賢說了，
大道至簡，
人的物質及精神生活亦如是：
愈簡單愈快樂，
愈簡單愈幸福。

2016 年 11 月 19 日

FAITH

makes things possible...
not easy

2016-17 冬

修行

修行，
不是無意，
是須真意。

修行，
不是無念，
是須真念。

修行，
若無意無念，
便淪入頑空。

修行，
淪入頑空，
佛家強調第一病。

2016 年 12 月 19 日

天地人

天地有正氣，
天地有大愛，
天長長長，
地久久久，
天長地久。

人須有正氣，
人須有大愛，
有，天地人合一，
汲了天地精氣，
便健康長壽。

2016 年 12 月 27 日

魂魄合一

學佛一年，
佛在殿上；
學佛三年，
佛在西天。

佛在西天，
與你何關？
佛在眼前呀，
你就是佛啊！

佛即是道，
道即是佛；
宇宙真理，
沒有二個。

修佛煉道，
在自身覓；
不在別處，
魂魄合一。

2016 年 12 月 28 日

你呢，肯修嗎？

「真人」這個字詞，
莊子首創的，
指修煉的人，
指得道的人。

不是真人，
便是假人。
我們都是假人，
與道格格不入。

佛陀說：
「人身難得」。
人可修道，
別的動物無條件。

既然如此，
我們就該修道，
不白走人間一遭，
不枉此生！

依照道家說法，
只有一息尚存，
仍可精進修道，
把衰敗生命拉回來！

你呢，
肯修嗎？

2017 年 1 月 3 日

娶到好老婆

做任何事情，
須具備條件！
娶到好老婆，
更是，更是啊！

條件兩個，
有一個就得了：
前生修來的福報，
今生擁有的智慧。

前生修來福報，
今生化為「奇跡」：
他糊里糊塗就娶到，
別人羨慕不來哦！

沒有前生福報，
要有今生智慧：
看面相，聽語氣，
就洞悉她「心地」。

娶到好老婆，
男人一生幸福！
感恩、珍惜啊，
若你娶到了呀。

2017 年 1 月 12 日

宇宙三大

道家說：
「宇宙三大，
天大地大，
人亦大。」

天大地大，
誰都知道；
人怎大呢？
人很「小」呀。

體形上，
人很「小」；
但人有智慧，
就「大」了。

天大地大，
若沒有人，
若沒有你，
有甚麼意義！

天有缺陷，
地有缺陷，
人類的智慧，
助天地美好。

2017 年 1 月 25 日

不朽丹經

雞年春節，
足不出戶，
待在樂窩，
讀一部不朽丹經，
一樂也，一樂也。

多讀一回，
更多理解，
更多體會，
自己得益了，
更會傳給別人。

2017 年 1 月 28 日
寫於雞年春節

人生就不一樣

時間太少，
好書太多，
那怎麼辦？
多讀一部是一部！

有些人，
天生聰穎，
不讀書，
枉耗光陰！

三年不聞肉味，
別人看不出來；
三日不讀書，
臉上透俗氣。

多讀好書，
且求甚解！
智慧開了，
人生就不一樣。

2017 年 1 月 31 日
寫於雞年初四

尋師難，覓徒更難

某省武協秘書長，
今早向我拜年。
昨天他見到師父，
師父傳他一招，
叮囑若傳別人，
先帶來「過眼」。

我回應他：
師父對了，
秘技不可亂傳，
若傳錯了人，
可收不回來。

他頻頻稱是。
我又說師父傳你，
因你心地好，
若你傳沒良心的，
那就後悔莫及了。

尋師難，
覓徒更難。

2017 年 2 月 3 日
寫於雞年人日

虛其心，實其腹

老子說：
「虛其心，
實其腹。」

簡簡單單，
六個字，
修煉不二法門。

二千多年來，
幾多人借用，
幾多人真明白？

「虛其心，
實其腹；」
凡夫不求甚解！

心不虛，
腹不會實，
虛指甚？實指甚？

修煉大道啊，
懂得、用上，
一生受用不盡！

親愛的戚友啊，
誠誠懇懇請教，
解說給你！

不作凡夫，
成為智者，
感謝老子啊！

2017 年 2 月 9 日
寫於雞年正月十三日

愛我別走

昨晚九時，
看港台 31「世情」，
今集「愛我別走」，
南韓出品。

拍得真好！
太感人了！
非常感動！
男女九十多歲。

深思一番，
更認識天地，
更懂得人生，
更明白愛情。

人們從天地來，
又回到天地去，
一世世輪迴，
循環不息著。

從幼至長至衰老，
悲歡及離合，
好多段歷程，
這就是人生！

真愛是付出，
忘我的付出，
真心且真意，
都為對方著想。

2017 年 2 月 10 日
雞年正月十四日 元宵節前夕

知祖竅，走大道

那一年，
上世紀八十年代，
全國武術比賽，
在哈爾濱舉行，
我代表某大報，
趕到了。

志不在武術，
在氣功。
當時氣功異能熱，
拳道合一啊。
盼望在大會上，
結識到高人。

見到吳彬，
他何許人，
李連杰恩師也。
沒有吳彬，
就沒有李連杰。
提起李連杰，唉！

吳彬大好人，
在他口中，
聽到張寶勝這名字，
中國「第一超人」，
擅搬運術，
他倆很熟。

知悉北京隊中，
有位煉內家拳的，
更煉道家龍門派。
千方百計結識上，
盼他傳一招，
承他厚愛傳了。

三口不會說，
六耳不會傳，
我是海外人士，
這麼懇懇誠誠，
感動了他，
單對單開了金口。

道家重視祖竅，
祖竅在哪兒？
知道了，
走上修煉大道了，
是大道啊！
不是小道。

祖竅如此重要，
與天地相通也。
莊子也說了：
「與天地精神相往來。」
知道祖竅在哪兒，
就可用上修煉哦。

卅年前往事，
歷歷在目啊。

2017 年 2 月 17 日
寫於雞年正月廿一日

恩師的話

一部好書，
百讀不厭。
一首好歌，
也百聽不厭。

近月手不釋卷，
讀一部經典，
恩師再提醒，
是千古不朽丹經。

更再三强調，
讀懂了，
讀通了，
不需再尋師了。

健康長壽，
每個人願望，
無病無痛，
省了幾多金錢時間！

恩師愛我，
不聽他的話，
對不住他，
更對不住自己！

徒兒徒孫啊，
你們聽到了嗎？

2017 年 2 月 24 日
寫於翡翠山
華美達酒店湖畔吧
喝意大利咖啡

聽故事，賺了

徒兒真乖，
徒孫真孝，
知道愚師的我，
喜喝咖啡，
竟開一家咖啡屋，
裝修非常別緻。

我說，你們真有心。
他們異口同聲答：
為一夥人著想呀，
同道有個聚腳點，
聯絡感情互鼓勵，
有緣人聚在一起。

又可聽師父說故事，
勝讀十年書，賺了！
都是真人真事，
前人的智慧，
前人的心得，
一生享用不盡。

2017 年 2 月 25 日

2017 春

真開心

今天真開心，
相識多年的好友，
從老遠的地方，
送來兩棵沉香樹。

一棵種在下花園，
一棵種在上花園，
樹幹氣勢挺拔，
樹葉茂密翠綠。

令我真開心！
不是沉香樹昂貴，
是友誼可貴，
堅持要送，堅定要送。

2017 年 3 月 2 日

FAITH
makes things possible...
not easy

勸世歌

男士也好，
女士也好，
沒有情，
沒有愛，
不要「人有我有」，
勉强娶，夾硬嫁。

害了自己，
害了對方，
同屋異夢，
貌離神更離，
每天煩煩惱惱，
一生痛痛苦苦。

雙方相敬相愛，
才會快樂幸福。

2017 年 3 月 2 日

感恩莊子教導

讀書不求甚解，
得益就少，
甚或沒有，
等於白讀。

二千多年前莊子說：
「與天地精神相往來。」
甚麼意思？
怎相往來？

幾十年前，
已讀過這一句，
沒有觸動，
不明其意。

明白後，
用上了，
身心起了變化，
感恩莊子教導。

2017 年 3 月 4 日

夠你享用一生

有個疑惑，
或是奇想，
古人比今人，
更聰明，更智慧？

單是易經，
流傳這個說法：
不是人類寫的，
外星人留下的。

人類的智慧，
不可能寫出，
如此智慧的書。
太有智慧了！

至於修煉方法，
老子、莊子等人，
留下的心得，
夠你享用一生。

2017 年 3 月 5 日

假人與真人

古賢的說法，
人分為兩類：
一類假人，
一類真人。

不修道的人，
不得道的人，
是假人，
行屍走肉的人。

修道的人，
得道的人，
是真人，
與天地相通了。

佛陀說，
人身難得。
人可以修道，
其他生物不可以。

既然難得來了，
就應該修道，
不要枉了此生，
後悔莫及。

修道後，
是超凡，
是成仙，
是成佛，
看造化。

2017 年 3 月 5 日

感恩

細讀幾部經典，
不是樂在其中，
幾是廢寢忘餐！

文字間洋溢著：
聖賢超凡的智慧，
他們處世的心得！

消化一點點，
汲取一點點，
身心素質變化了！

無私的聖賢啊，
你們「回家」去了，
留下智慧，留下心得。

通過簡潔詞句，
活活潑潑的，
滋養我們一代代。

2017 年 3 月 13 日
寫於翡翠山愛丁堡樂窩

下雨了

下雨了，
毛毛雨。
隔著玻璃窗，
凝望花園的花草，
對視花園的樹木。

它們微笑著，
它們喜悅著，
它們向我招著手：
今天不澆水，
我們喝够啦！

2017 年 3 月 14 日
寫於翡翠山愛丁堡樂窩

誠外無物

二千多年來，
我們一代代，
受益孔子的教導。

孔子的孫子，
更教導我們：
「誠外無物」。

做甚麼事情，
有「誠」的心態，
方向就正確了。

修道一事尤然！
無念、意真，
進入混沌道態。

與天地接上了，
與天地相通了，
採到天地精華了。

2017 年 3 月 15 日
寫於翡翠山愛丁堡樂居
（註：孔子的孫子，單名，偶忘其名，
大家記住他說「誠外無物」哦。）

今生讀書已太遲

「今生讀書已太遲。」
這一句話，
我嚼了又嚼，
回味、思考！

今生讀書，
已太遲了，
那幾時讀？
「用時恨少」啦！

「今生讀書已太遲。」
大文豪蘇東坡說的。
語重心長啊，
我回味、思考。

蘇東坡修道，
蘇東坡學佛，
他相信輪迴，
盼望來世仍做人。

天才橫溢的他，
詩作太美了，太美了，
百讀不厭，百讀不厭，
滋潤一代代心靈。

「今生讀書已太遲。」
今生更須讀，
留待來世用，
能否用上，誰知曉！

2017 年 3 月 24 日

好好讀

古人文句，
真有深意，
只是幾個字，
包含著多層意思。

譬如蘇東坡說：
「今生讀書已太遲。」
今生讀書沒用了？
太遲了？剛剛相反！

叫你抓緊時光呀！
勤奮讀，好好讀。

2017 年 3 月 28 日

活在

有些人，
活在財富中，
或活在權慾中，
或活在獸性中。

你呢？
活在哪個層次？
人生幾十年光景，
很快就晃過去。

盼望你，
活在愛中，
有人愛你，
你更愛別人。

2017 年 3 月 30 日

讓我告訴你

「道不遠人，
人自遠之。」
是事實啊，
但真正明白的，
又有幾人？

日常生活中，
留意身子，
做兩件事，
就不遠道，
就近道了！

近道有甚好？
身子好，
心情好，
身心都好，
遠離醫生啦！

讓我告訴你，
怎做這兩件事……

2017 年 4 月 1 日
寫於天后樂窩

天地人分不開

請問，
天多遠？
地多近？

又請問，
天多高？
地多下？

一切唯心造，
天不遠不高，
地不近不下。

你亦天，
你亦地，
天地人分不開。

2017 年 4 月 1 日

生生不息

人身小宇宙，
與大宇宙對應，
汲取大宇宙精氣，
這就是修道。

道，大宇宙總根源，
大宇宙源於道，
小宇宙源於道，
萬物都源於道。

易經告訴我們了，
老子告訴我們了，
修道與大宇宙對應，
生命生生不息。

2017 年 4 月 2 日

清福

中國歷史悠久，
文化非常豐富，
語言、文字更然。

一個「福」字，
各國各族，
只扯上「幸福」。

中國人可多哦，
福氣、福報、福頭，
詞彙幾有一籮呀！

最難享到的，
是甚麼「福」？
是清福囉。

老婆乖些呀，
勤力些煉功，
不煩，我享到清福啦。

2017 年 4 月 3 日

生死有命

許多人聽過，
甚或說過：
「生死有命」。

是事實？
或是，
或不是。

在維園，
一個人說：
「無維園，我死咗囉。」

他說無維園，
他死咗囉，
不是「有命」，是「改命」。

有維園，
天天來鍛煉，
故還沒有死。

道家有一句話：
「我命在我不在天」。
「命」，不是注定的。

2017 年 4 月 4 日

又住又生

恩師筆下，
最常出現詞句：
「修道學佛」。

修道難？
或學佛難？
後者更難！

金剛經說：
「應無所住，
而生其心。」

真是難啊！
徒兒愛我，
我更愛徒兒！

「愛」，是住，
生其心了，
又住又生！

不住、不生其心，
做人有甚麼意思！
我又住又生。

2017 年 4 月 6 日

豐盛人生

我們的老子，
最有智慧，
寫了五千言，
你讀懂了嗎？

不可能讀懂五千言，
讀懂四個字，
你這一輩子，
怎用，都用不盡了。

哪四個字？
「天長地久」。
讀懂，用上，
就擁有豐盛人生。

2017 年 4 月 8 日

修道是做甚麼

修道是做甚麼？
老子早告訴了：
「能嬰兒乎！」

十萬人讀了此句，
有一人明白嗎？
是甚麼意思？

嬰兒眸子烏溜溜，
笑容純真，
人見人愛！

沒有煩惱，
沒有邪念，
只有快樂。

怎會這樣？
大腦活動，
純是元神。

未有識神，
未受污染，
一片「淨土」。

元神是先天，
識神是後天，
修道是返回先天。

2017 年 4 月 10 日
寫於淡水西塘餐廳

是真人了

想健康，
學習六件事：
怎麼坐，
怎麼站，
怎麼走，
怎麼卧，
怎麼呼吸。

坐、站、走、卧，
呼吸也須學習？
當然，當然啦！
學會了，用上了，
生活不一樣了，
人生不一樣了，
不是假人，是真人了。

2017 年 4 月 11 日
寫於翡翠山愛丁堡樂居

福頭、福腦

拙作《清福》，
傳給一些友人，
問他們享甚麼福，
回答最多的竟是：
「福頭」、「福腦」。

竟得到這種回應！
或因世上無後悔藥？
人生道路上，
做錯了事情，
悔了：真「福頭」、「福腦」！

親愛的親友啊，
牢記獅子煒六字訣：
「感恩、珍惜、當下」。
懂得感恩及珍惜，
避開福頭、福腦。

更要修道，智慧開了，
怎會福頭，怎會福腦。

2017 年 4 月 11 日
寫於翡翠山
美華達酒店湖畔吧

福氣

人身難得，
人生更難得！
這一輩子，
你怎麼活了？

過去的不提了，
此一刻起，
活得好好的，
不要刻薄自己！

你的父母，
誕下你，有盼望，
活得快快樂樂，
才對得住他們。

該做的，要做，
該愛的，要愛。
施也好，受也好，
做人心安理得。

平凡簡單，
就是福氣。

2017 年 4 月 11 日

還有求

我溫暖，
我快樂，
我幸福。

人生如此，
還有何求？
真感恩啊！

無求了，
不求別人，
待我更好，

還有求，
求自己，
待別人要好。

2017 年 4 月 15 日

「天書」《易經》

有一個說法，
作為中國人，
不可不讀，
四大名著！

《三國演義》，
《水滸傳》，
《紅樓夢》，
還有《西游記》。

獅子煒認為，
更不容錯過：
千古「天書」《易經》，
否則愧對古聖！

《易經》被譽為：
「經典中經典，
哲學中哲學，
智慧中智慧。」

讀懂《易經》，
就懂得人生。

2017 年 4 月 22 日

天、地、人

沒有天，
何有地？
沒有地，
何有天？

有了天地，
沒有妳我，
何有意義？
天地人才完美！

2017 年 4 月 24 日

宇宙規律

不要怨恨，
不要後悔；
怨恨沒用，
後悔沒用；
都是自作自受！

有因必有果，
有果必有因，
萬物萬事都有因果，
誰也躲避不了，
這是宇宙規律。

2017 年 4 月 24 日

懂得人生

中國知識分子，
孔子第一人，
萬世師表也。

一想到孔子，
就聯想到《論語》，
根深蒂固了。

孔子最大成就，
在「易經系辭」，
讓後人讀懂易經。

一個人讀懂易經，
就懂得人生，
懂得離苦得樂！

2017 年 4 月 24 日

學莊子

呼吸法門，
學莊子！
莊子說：
「眾人之息在喉，
真人之息在踵。」

現代人，
標榜腹式呼吸，
只到腹部，
若到踵掌，
氧氣遍及渾身了。

莊子呼吸法，
長壽之道也。

2017 年 4 月 27 日
寫於淡水西塘餐廳

晚福中的清福

人又愚又蠢！
可憐復可悲，
自以為聰明，
比別人聰明。

俗說「人望高處」，
「望高」有甚麼用？
人要站得高啊，
站得高望得遠！

沒有智慧，
站不了高！
眼下一點點「著數」，
就流一滴滴口水！

智者站得高望得遠，
晚年就能享到清福。
人生最難得的，
晚福中的清福。

2017 年 5 月 4 日

住在山上

今天下雨，
聽不到鳥聲，
平日屋外吱吱喳喳，
今兒窗外瀝瀝滴滴。

住在山上真好！
望到天上雲層移動，
看見地上樹木翠綠，
凉風習習，非常爽意。

如此環境，
細嚼丹經，
攝取精要，
傳給有心人。

2017 年 5 月 24 日
寫於翡翠山

FAITH
makes things possible...
not easy

2017 夏

活著，真好

四十年前今天，
「蘋果」合伙人韋恩，
將他十分之一股權，
800 美元賣給喬布斯，
這股權現值 580 億美元。

喬布斯走了，
韋恩仍活著，
走了甚麼也帶不走，
活著的擁有很多，
人與人的愛等等。

煉功鍛煉吧！
能健康長壽。
活著，真好，
享受愛，
享受情。

2017 年 6 月 6 日

FAITH
makes things possible...
not easy

諍友波哥

波哥，
真聰明，
真有智慧，
說的太對了！

一個人，
退了休，
心静了，
頓悟了！

當下我的生活，
不知幾生修來，
福報，須珍惜，
感謝波哥教導！

不單珍惜，
還須感恩。
謝天謝地，
謝地謝天！

諍友即諍友，
肯說真話也。

2017 年 6 月 8 日

積極人生

幾十年前，
看到這四個字：
「積極人生」。

無動於衷，
沒有感覺，
也不求甚解。

波哥傳來 WhatsApp：
「過去的，
不可再想；

晨早起床，
就去煉功，
不能病倒！

老想過去，
會『黐線』的，
來生回不來。」

波哥人生，
似坐過山車，
九龍塘房子沒了。

如今晨早煉功，
力求健康長壽，
多看今生人間。

積極人生！
巔峰低谷，
都在笑談中。

2017 年 6 月 12 日
寫於惠東巽寮灣
山海蘭亭酒店

快快樂樂

向前看，
人身難得，
活著更難得，
怎可不向前看！

別人對你不住，
你憎他，
你恨他，
傷害自己身心。

向前走，
不虐待自己，
每一天，
快快樂樂。

2017 年 6 月 12 日
寫於惠東巽寮灣
山海蘭亭酒店

人生在世

人生在世，
為著甚麼？
有人為財，
有人為權，
有人為名。

獅子燁啊！
你竟為情，
你竟為愛，
因你要快樂，
因你要幸福。

因你明白，
沒有情，
沒有愛，
哪有快樂？
哪有幸福？

2017 年 6 月 15 日

我與砭石一段緣

那一年，
左手中指，
屈得不能彈回，
俗稱「彈弓手」。

去看梁廣明醫生，
幾十年朋友，
隨李小龍師兄黃淳樑，
學習詠春拳。

是熟人，
不會拖症，
梁醫生一檢查，
果斷說：「打針」。

我問打甚麼針？
他答類固醇，
先打麻醉針，
不會很痛的。

我一來怕痛，
二來聽到類固醇，
立即婉拒了，
恐有副作用。

一位徒兒知道了，
叫我戴砭石手鍊，
我雖不大相信，
但試試吧。

戴了未夠一星期，
完全康復了。
告訴梁醫生，
他不肯相信。

砭石如此神奇，
在網上搜羅資料，
資料蓋天覆地，
與一位韓先生聯絡上。

直飛山東濟南，
韓先生前來接機，
開車送到產地，
距孔子故鄉不遠泗濱。

挑呀挑呀，
買呀買呀，
最開心買到，
砭石健身球。

在此之前，
買了很多健身球，
蓮花華兄替我買過，
永春鄭光師傅替我買過。

荷李活道古董店，
近些年一間間結業，
早年入貨的健身球，
蓮花華兄替我掃光！

「保定三寶」健身球，
統統鐵製的，
鐵制石製兩回事，
砭石製，稀罕了！

最昂貴翡翠石健身球，
最有療效砭石健身球，
兩者產量愈來愈少，
多年來大量開採也。

當年趙紫陽贈健身球列根，
大國主席與大國總統，
竟由健身球結緣，
我在雜誌上圖文並茂刊出。

若果沒有砭石，
我的「彈弓手」怎辦？
砭石通經活絡，
我們老祖先早知道了！

2017 年 6 月 21 日

一切唯心造

有人質疑，
或是迷惑：
佛陀也好，
觀音也好，
一個法門就得道，
「我」怎不能得道？

因素多多！
先賢說過了，
修煉要有五個心：
誠心、信心、
恒心、決心，
還有悟心。

何止五個心！
六個心、七個心……
比如「死心」。
死心有甚用？
死心塌地呀，
這個心神奇！

佛陀坐在樹下，
觀音坐在大石上，
死心塌地發誓：
若不開悟，
永不離座，
一切唯心造。

2017 年 6 月 28 日

度假

我的房子，
一方向海，
一方向山。

向海吹海風，
向山吹山風，
冬暖夏涼。

每年度假，
都來這兒，
住一段日子。

藍天白雲，
樹木翠綠，
心情舒暢。

海灘聽浪回家，
坐下打開電腦，
記下恩師秘訣。

細心好好整理，
返港傳給有心人，
傳統文化不能斷層。

2017 年 8 月 10 日
寫於海南島金沙灘

喜歡這兒

非常喜歡這兒，
藍天白雲，
日出月落，
月出日落，
花草樹木，
還有海浪。

飲食啊，
各類海鮮，
各類蔬果，
真是鮮美。
燒豬、蕃薯、粽，
太好吃了。

至於價錢，
便宜到不敢相信！

2017 年 8 月 15 日
寫於海南島金沙灘

日出

日落

月亮

烏雲

雨後彩虹

海浪

西瓜汁

坐在露台，
嘆一杯。
不是咖啡，
是西瓜汁。

非常清甜！
惦念妳，
好好修道，
天人合一。

2017 年 8 月 20 日
寫於海南島金沙灘
椰林灣家中

不枉

人生在世，
最想索求甚麼？
最想享受甚麼？
人人不同！

有人索利，
有人求名，
有人攬權，
各有所好！

我啊，
想快樂想幸福，
融化在裡面，
不枉此生了。

2017 年 8 月 20 日
寫於海南島金沙灘

樣樣好

這兒真好，
說不盡的好，
拙筆無法形容，
樣樣好！

在這兒，
不須修煉，
享受當下，
就得了。

徒孫插口：
不修而修，
不煉而煉，
自然而然。

名也好，
利也好，
權也好，
不感興趣了。

眼見的，
鼻吸的，
嘴吃的，
都那麼好。

2017 年 8 月 22 日
寫於海南島金沙灘

三十八元

在這兒，
嘴裡享受的，
是這種情況：
「大家樂價錢，
五星級享受。」

上了年紀，
更渴求鮮味！
在優雅餐廳，
幾十樣中西美食，
任吃，任喝，任嘆！

真好吃，
味道真好！
真好喝，
咖啡真香，
果汁真純。

卅八塊錢！
優惠酒店房客，
金沙灘業主們。
外客八十八元，
真抵食，超值！

2017 年 8 月 22 日
寫於海南島金沙灘

開示

幾十年來，
認識很多武人，
第一句想說的，
同情他們；
第二句要說的，
憐憫他們。

「第一筆」李剛對我說：
「武林即江湖！
千奇百怪，無奇不有；
最慘一世迷信偶像，
不知解脫，未能醒悟！
又以習內家功夫者為甚。

練武猶如吸毒，
癮深癮淺而已；
走了冤枉路，
鑽進牛角尖，
正常現象，不足為奇！」
李兄有良知，肯說真話。

跟這位幾年，
隨那位幾年，
金錢沒了，
青春沒了，
何苦來呢，
喝咖啡為你開示。

2017 年 8 月 25 日
寫於海南島金沙灘
椰林灣家中

2017 秋

心水清

人最大的敵人，
是誰呢？
是自己。

怎是自己呢？
自以為聰明，
自以為是。

這就自欺了。
自欺便挫敗，
知道已遲了。

抽離自以為是，
成為旁觀者，
心水清，少些挫敗。

2017 年 9 月 4 日

對上

人一世，
如何度過？
不要難為自己，
不要刻薄自己。

每一天，
快快樂樂。
衣食住行，
都與心情對上。

踏踏實實，
活在當下。

2017年9月13日
寫於翡翠山
碧桂園售樓大堂

天地合一

年輕時，
多煉少養；
上了年紀，
少煉多養。

煉是動功，
養是靜功，
動靜兼修，
缺一不可。

也可這麼說：
煉是修命，
養是修性，
性命雙修也。

傳你一招，
修命又修性，
性命合一，
與天地合一。

2017年9月15日

修行

一提起「修行」，
就會聯想到，
出家的僧人，
修道的道士。

不是的，
不是他們專利品，
屬於每個人，
人人都應該修行。

修行，
修行為，
修思維，
修心靈。

行為、
思維、
心靈，
回到「正軌」。

那你必健康，
那你必長壽。
人生就悅愉，
人生就豐盛。

怎麼修呢？
只是四個字：
「三內」與「七空」。
做到就是修行！

2017年10月1日

神靈

做人，
須懂得敬畏，
不懂得敬畏，
不要做人了。

敬畏甚麼？
敬畏天地，
敬畏生命，
敬畏神靈。

神靈，
看不見，
怎敬畏？
看不見不等於不存在。

神靈啊！
無所不在，
不曾來過，
不曾離開。

敬畏祂，
就有感應，
心懷慈悲，
與祂同在。

2017 年 10 月 17 日

與我喝咖啡

這些年，
在翡翠山家中，
讀了幾部書。

讀了又讀，
不知讀了幾遍，
喜歡地方劃上螢光筆。

讀第二遍，
比第一遍更享受，
比第一遍更受益。

讀第三遍，
比第二遍更更享受，
比第二遍更更受益。

劃上螢光筆之處，
我有情地望著它，
它也有情地望著我。

閃現生命力，
對接交流了，
我心中激盪。

前賢精神，
前賢情懷，
躍然紙上。

妳沒時間讀，
或覓不著這些書，
錯過了他們的智慧。

與我喝咖啡，
傾訴給妳，
與妳分享。

2017 年 10 月 20 日
寫於翡翠山
RAMADA 酒店湖畔吧

宇宙與我

不看，
不聽，
不想，
是甚狀態？

雖不看，
雖不聽，
雖不想，
甚麼都知道！

清清淨淨，
淨淨清清，
與天地接上了，
與宇宙接上了。

宇宙亦我，
我亦宇宙，
忘了自己，
忘了宇宙。

2017 年 10 月 25 日
寫於翡翠山愛丁堡家中

請你喝最好的咖啡

想健康，
想長壽，
就要不漏。

不漏甚麼？
不漏人體三寶：
精、氣、神。

怎麼不漏？
四個字：
三內、七空。

在生活中，
留意三內、七空，
就不漏耗。

怎麼做呢？
很難嗎？
很易的。

與我喝杯咖啡，
娓娓告訴你，
莫非咖啡也不肯請？

好，那我請你，
喝最好的咖啡。
你要誠誠懇懇聽哦！

2017 年 11 月 12 日
寫於海口 魯能希爾頓酒店
（半躺在沙灘長椅上，一邊聽著浪聲，一邊喝著咖啡，一邊執筆寫下這首小詩。盼你很快能喝上我請客的好咖啡，且看你是否熱愛生命了！）

與天地融合

金沙灘椰林灣，
洋溢著南國風情，
一陣陣椰風，
夾著海浪聲。

從窗外望出去，
白頭浪一個個，
汪汪大海，
無邊遼闊。

若有憂愁，
交給大自然，
祂有容乃大，
甚麼都容得下。

在這兒生活，
用不著煩惱，
與天地融合，
是最好的修行。

2017 年 11 月 13 日
寫於椰林灣家中

充實

人生如夢，
夢如人生。
不修行的人，
空空虛虛，
天天一樣，蒼白。

修行的人，
活在當下，
踏踏實實，
充滿著喜悅，
天天不一樣，充實。

2017 年 11 月 14 日

古人早懂得了

道家的道觀，
佛家的寺廟，
多建在山上。

山上無污染，
空氣特別好，
人體最佳補品。

內地太污染了，
經濟飛速發展，
付出沉重代價。

各省市有些錢的，
湧到海南島，
這兒空氣清新。

人稱「候鳥」，
冬季一到，
他們飛來過冬。

一位河南「候鳥」說，
她那兒喝的水也有味道，
海南的水特別清甜。

北京舉行國宴，
招待外賓礦泉水，
就是海南「椰樹」牌子。

幸福的一群，
鼻眼嘴耳心，
神仙般享受。

空氣好，水質好，
身體才會好，
古人早懂得了。

2017 年 11 月 15 日
寫於臨高金沙灘

FAITH

makes things possible...
not easy

2017-18 冬

長壽之鄉

海南島，
世界長壽之鄉；
臨高縣，
長壽鄉中之鄉。

認識幾位臨高人，
是家中第四代，
父母四十多歲，
祖父母六、七十歲。

曾祖父母九十、一百歲，
有自己的嗜好，
性格隨和樂天，
臉上總掛著笑容。

臨高人，
百歲平常，
多還在勞作，
菜市場賣農產品。

臨高空氣清新，
到處綠水青山，
蔬菜甜爽，
海魚鮮美。

2017 年 11 月 19 日
寫於臨高金沙灘

「登陸」之後

老友們都「登陸」了，
也有七十、八十、九十的，
須切實留意防跌！

家居須防跌，
走路更須防跌，
尤在濕滑地方。

「登陸」之後，
若血壓高的，
身子會上重下輕。

一個走了神，
一個跣了腳，
一失足千古恨！

跌倒一下，
就不得了，
骨頭脆，易折斷。

盲人很少跌倒，
他們走路有竅門，
我說給妳聽了。

妳想一想，
我多關心妳，
那麼疼惜妳。

妳不疼惜自己，
待躺在病榻上，
懊悔不及了！

記住那個竅門，
變為一種習慣，
「登陸」之後，安享晚年。

「小心駛得萬年船。」
長命與我喝海南咖啡，
妳不肯請客，我請。

海南咖啡豆，
土壤、陽光特別，
喝了長壽又增慧。

我年輕時，
又笨又蠢，
如今頭腦醒了些。

2017 年 12 月 8 日
寫於天后樂窩

好地方

海口振東街老家

好友相聚，
人生樂事，
老婆結伴到我金沙灘的家。

我故意不在，
回去翡翠山的家，
讓她們自在玩個夠！

她們來自三個地區：
香港、澳洲、美國，
金沙灘美色與別不同！

包括呼吸的空氣，
吃喝的美食、果汁，
看到的原生態妙景。

她們玩得興高采烈，
拍來多張照片，
嚇我跳了又跳！

站在沙灘拍的，
坐在草坪拍的，
乍看是六位小姑娘！

你們開心，
我更開心，
金沙灘，好地方！

2017 年 12 月 12 日

老師

老師偕師母，
自澳洲來，
先抵香港，
再到翡翠山找我。

本想到口岸迎接，
老師堅決不肯，開玩笑：
「海拔幾千公尺難不倒我，
翡翠山算得甚麼！」

他們沒有內地電話，
自也沒有微信，
竟然坐巴士摸到，
走慣「江湖」不簡單。

教職退休後，
老師移民澳洲，
孭背囊遊世界，
精力充沛，體力真棒。

他告訴我，
年輕時迷上武術，
有一段日子，
學五個門派，武癡也。

又對我說，
套路與搏擊，
是兩回事，
站樁大學問。

在澳洲傳授武術，
尤喜發揚棍法，
師母在旁插口，
她在花園拿棍子晾衫。

老師失聲笑了，
瞪了師母一眼。
老師讀港大，師母讀中大，
不知他倆怎麼認識的。

2017 年 12 月 25 日

與相處不累的人一起

每一個人，
都應該與相處
不累的人一起。

人與人，
若算來計去，
活得太累了。

總要防備著對方，
既傷耗自己的神，
也染污自己的心。

跟相處不累的人一起，
日子就過得輕鬆，
沒有一絲兒憂慮。

保持心靈乾淨，
保持精神安寧，
享受人生美好時光。

2018 年 1 月 2 日
寫於中央圖書館五樓

另一位老師

很有份量咖啡專著，
我購買了兩部，
厚厚的，二百多頁，
贈了「識貨」的人。

身邊沒有了，
全贈出去了，
一部給恩師，
一部給老師。

不是澳洲那位，
是翡翠山鄰居。
他們夫妻都喜愛咖啡，
還贈我一部咖啡機。

這位老師，
教授電腦的，
脾氣好到不得了，
我說，學生不怕你。

他說，對了。
還有幾個月退休，
他就長居翡翠山，
悉心呵護花園裡一花一木。

萬物有靈，
花木亦然，
你凝視他們，
他們回報微笑。

2018 年 1 月 4 日

精靈

科學家說，
地球上物質，
人類只知道：
百分之五。

百分之九十五，
人類不知道，
是暗物質、暗能量，
看不見，測不著。

祂們有些就在身邊，
守望著我們，
伺機而動。

祂們是精靈，
我們心善良，
就得到佑護。

俗語也說了：
「舉頭三尺有神靈」、
「人做事，天在看」。

宇宙規律：
「邪不能勝正」，
心安才是踏實人生。

2018 年 1 月 28 日
寫於翡翠山
華美達酒店湖畔吧
(喝著意大利咖啡)

此時此地

誰都知道，
應該「活在當下」，
又有幾人做到？

人們不是活在昨天，
就是活在明天，
誰人活在今天？

活在今天，
也不活在此時此地，
而活在雜念、妄想中。

活在雜念、妄想中，
消耗了光陰，
殆盡了精、氣、神。

庸庸碌碌，
幾十年過去了，
白了頭，昏了眼。

只有一息尚存，
還趕得及啊，
快快修煉！

道家功法，
起死回生，
返老還童。

修煉道家功法，
活在此時此地，
人生就不一樣了。

2018年2月26日

2018 春

人生不一樣

傳統文化，
源於何處？
源於易經。

儒家也好，
道家也好，
都源於易經。

易經最科學，
易經最智慧，
包含了宇宙真相。

須學一點，
明白一些，
人生不一樣了！

2018 年 3 月 30 日

三顆心

堅持的心，
堅定的心，
堅强的心，
要有這三顆心！

有這三顆心，
跟你左右，
伴你一生，
不枉了！

失敗也好，
成功也好，
你的人生，
充充實實。

充實人生，
沒有虛度，
沒有遺憾，
沒有白來。

2018 年 4 月 23 日

下雨了

下雨了，
花園裡花草樹木，
笑逐顏開啦。

不是不喜歡我的澆水，
是天上落下的雨，
比我澆的更甘甜。

花草樹木們，
葉子更翠綠，
花朵更艷美。

天地養育萬物，
萬物各有靈性，
人類珍之惜之。

2018 年 4 月 24 日
寫於翡翠山愛丁堡家中

成佛

有個奇想：
佛陀今在哪兒？
在這個宇宙，
佛陀得道了，
弘道四十九年，
完成了他的使命。

佛陀回去了，
在哪個「世界」？
佛說「三千世界」，
世界即宇宙也，
另外的宇宙「極樂」？
我們成了佛才能去。

2018 年 4 月 27 日
寫於翡翠山
華美達酒店湖畔吧

堅毅的心

佛陀說：
「人生四苦，
生、老、病、死。」

生，我們無權選擇，
哭啼了幾聲，
赤條條來了。

老、病、死三苦，
我們也無法避免，
只能面對。

佛陀又說：
「人身難得。」
人可修佛，別的生物不能。

修佛何用？
離苦得樂！
你肯修嗎？

金剛經說：
「應無所住，
而生其心。」

修到了，
老、病、死的心，
都沒有了。

都沒有，
何來苦？
離苦了！

修佛，
不易，
要有堅毅的心。

2018 年 5 月 15 日

不虛度

每個人，
來到這個世界，
要感恩，
要珍惜，
不是想來就能來。

貧也好，
富也好，
無名也好，
有名也好，
都不埋怨。

健康就好，
做喜歡的事。
成事不成事，
都不太重要，
開心就得了。

愛悅心的人，
得到不得到，
人海茫茫，
你能遇上，
已是福氣。

懂感恩，
懂珍惜，
活在當下，
人生就不一樣，
踏踏實實不虛度。

2018 年 5 月 27 日

做個有用的人

每個人，
命運不同，
各有各的。

不羨慕別人，
不埋怨自己，
你獨一無二。

出世落地，
五官齊全，
四肢無缺。

感恩天（父），
感恩地（母），
賜你健全身子。

堅持信念，
自求多福，
凡事靠自己。

不做寄生蟲，
社會寄生蟲，
家庭寄生蟲。

那些二世祖，
或三世祖，
多淪為寄生蟲。

寄生蟲一生，
有甚麼意思，
飯來張口。

有機會，
多讀書，
無機會就自修。

有知識，
有學問，
更要有愛。

愛別人，
愛地球，
更愛身邊人。

做到了，
不是寄生蟲，
是個有用的人。

2018 年 5 月 28 日

安樂

有說，
人類萬物之靈；
也有說，
人類很渺小；
且看站在哪個角度。

與一般禽獸比較，
人類自是「萬靈」；
與超智慧比較，
人類自是「渺小」；
正如人類視螞蟻渺小。

人類壽命，
大多不過百，
勞勞又碌碌，
碌碌又勞勞，
為名為利煩惱。

一眨眼，
老了，病了，
瀕近死亡了。
怎這麼快啊，
還未享受呀！

超智慧生物，
看到了，
感嘆人類無知，
憐憫人類可悲，
輪迴著受苦！

釋迦牟尼佛，
當然也看到了，
導引人們修佛，
超脫生死，
永恒安樂。

2018 年 5 月 29 日

在那一邊等妳

我的人生，
沒有遺憾，
若有，
就是先走，
不陪伴妳，
送妳最後一程。

我先走，
妳陪伴我，
送我最後一程，
難為妳了！
在那一邊等妳，
或來世又相遇。

2018 年 5 月 30 日
寫於港島東區
尤德醫院

盼望

前世，
或前幾世，
我做過甚麼？
今世能遇上妳。

遇上妳，
太妙了，
上天恩賜的禮物，
答謝我上幾世善行。

人海茫茫，
竟然心犀對上，
一見即融，
這麼玄妙。

人都貪心，
我更貪心，
今世遇上妳，
還未夠喉。

仍愛未夠，
若有來世，
盼望又遇上，
傾力愛個夠。

2018 年 5 月 31 日
寫於港島東區
尤德醫院

愛

「我愛妳」
這三個字，
有些多餘。

還要說嗎？
說了，
破壞味道。

對妳的情，
對妳的感受，
何止是愛。

更上一層樓，
比愛更上一層樓，
但覓不到另外字眼。

不需任何字眼，
妳相信就得了，
妳感受就好了。

我在不在，
不太重要，
愛是感覺。

感覺看不見，
但卻是物質，
超越時空。

2018 年 5 月 31 日
寫於港島東區
尤德醫院

2018 夏

生死

「生者，
寄居也；
死者，
歸去也。」

這是我們古聖，
對生死的看法。
有生必有死，
生命循環著。

2018 年 5 月 31 日
寫於港島東區
尤德醫院

FAITH
makes things possible...
not easy

償還

回首前塵，
有感嘆，
更有懺悔。

簡單總結，
付的少，
取的多。

「大劑」矣！
欠債都須還，
今世還不了。

來世可苦了，
息疊息，
債更沉重。

尤是於妳，
無微不至照顧，
傾心傾力呵護。

我會安詳離去，
至少痛楚少些，
全賴妳。

今世欠下的，
真沒法子，
留待來世償還。

2018 年 6 月 1 日

因

不要迷信，
相信「上天」！
古賢早告訴我們了：
「謀事在人，
成事在天。」

成不成，
在「天」，
其實在自己！
自己所作的「因」，
決定了「果」！

有些「因」，
前世作的，
有些今世作的，
逃不了，
結「果」。

不要怨別人，
不要怨上天，
都是自作自受，
「精」沒有用，
「因」才有用。

2018 年 6 月 2 日

兩者不一樣

快樂，
容易。
幸福，
難得！

快樂是情緒，
意外收穫就得。
幸福是感受，
須別人賜予呀。

快樂可以買，
幸福不可求！

2018 年 6 月 2 日

佛腳

年輕時，
我們讀佛經，
即佛陀的話，
不起共鳴，
讀不下去。

六祖慧能，
少年時聽到《金剛經》，
即泛共鳴，
辭別母親，
學佛去了。

我們俗人，
一眨眼老了，
才知老的苦，
病就更加苦，
佛陀的話聽得進去了。

「臨老抱佛腳」；
沒氣了，
沒力了，
慌失、六神無主，
抱得著佛腳麼？

抱「佛腳」，
即學佛、修佛，
趁早啊，
愈早愈好，
不要遲了。

2018 年 6 月 4 日

不枉此生了

不要哭，
不要悲傷。
不是不要，
是不准！

今天我還未走，
為甚要哭，
為甚要悲傷，
一剎那是永恒！

有些人，
盡他們一生，
未曾愛過，
不知愛的滋味。

我們深愛，
這就夠了，
這就難得了，
不枉此生了。

2018 年 6 月 4 日

我就走

我就走，
太陽依然升起，
月亮依然掛上，
星星依然閃爍。

我不知，
會去哪兒，
或很近，
或很遠。

若很近，
就在妳左右，
守護妳，
一刻不離開。

若很遠，
就在那一邊，
等著妳，
與妳相會。

2018 年 6 月 4 日

就要「靜」

宇宙有的，
我們人體都有，
宇宙是大宇宙，
我們人體是小宇宙。

想活得健康，
活得寫意，
要與大宇宙對應，
要與大宇宙感應。

怎麼對應？
怎麼感應？
只是一個字，
就是「靜」。

所謂「道」，
是天人合一，
古賢早知道了，
現代人疏忽。

古人說的「天」，
即大宇宙，
人類是萬物之靈，
進化成了小宇宙。

我們做甚麼，
想得到成功，
要與大宇宙和諧，
就要「靜」。

2018 年 6 月 5 日

慧根

大文豪蘇東坡一句話，
對我很大啟發：
「今世讀書已太遲。」

今世才讀書，
讀得幾多？
書香世家真學問！

修道學佛也是！
今世修、學，
成果不太大！

六祖慧能有慧根，
不是今世的，
前世帶來的！

「今世已太遲。」
不是甚麼也不做，
是更加要做！

今世做了，
儲存右腦內，
來世是慧根。

2018年6月5日

修到佛就好了

人生歷程，
先甜後苦，
最終是苦！

成功人生，
名成利就，
表面很風光。

在公開場合，
裝出快樂，
單獨時呢？

精神快樂，
感情幸福，
世上又有幾人！

佛經最科學，
佛理最實用，
修到佛就離苦得樂。

2018年6月10日

受苦

禪宗說：
「有求必苦，
無求即樂。」

人生幾十年，
豈會無求？
必有求，即必有苦！

老了，
病了，
沒氣沒力了。

想喝一口水，
求別人了，
自己取不了。

身體痛楚，
那種難忍，
無法言述。

苦「生生不息」：
度了此生，
又有來世。

人的貪嗔癡，
種下了「業」，
成不了佛。

成不了佛，
脫不了輪迴，
世世受苦。

2018年6月10日

來世更難償還

有個說法，
我們來到這個世界，
討債來的，
討父的債，
討母的債。

父不計較，
母不計較，
他們有能力，
必滿足我們，
千方百計滿足。

我們呢？
幾十年下來，
免不了欠債，
欠朋友的，
欠愛人的。

我們可想到償還？
今世不還，
或還不清，
那怎麼辦？
來世利疊利更難償還。

2018 年 6 月 11 日

心中總有佛

年輕時，
不會想到會老，
不會想到會病。

當老了，
當病了，
覺醒太遲了。

才想到，
離苦得樂，
應該修佛。

老了，
病了，
眼睛昏花了，

看不到佛腳，
摸不到佛腳，
如何修？

親愛的親友啊！
趁著還健康，
趕快趕快修佛。

太遲更要修，
修幾多，
是幾多。

苦少一點點，
樂多一點點，
心中總有佛。

2018 年 6 月 12 日

上天知道的

人都自私，
都為自己，
妳不這樣，
卻為家人，
也為朋友，
更為我。

沒有妳，
不遇上妳，
此刻我不知在哪兒！
早沒命了！
有愛的人，
上天知道的。

2018 年 6 月 14 日

幸福

一位男人，
最大的幸福，
不是名氣，
不是財富，
更不是權力。

是一位傾心的女子，
走進生命，
互敬互愛，
你心裡舒暢，
你心裡甜滋。

2018 年 6 月 17 日

苦難

人生，
有很多苦，
有很多難。

沒有苦，
沒有難，
就不是人生！

如何面對苦，
如何面對難，
且看你的智慧。

埋怨沒用，
嘆氣沒用，
只會添加苦難。

「應無所住，
而生其心。」
佛陀這樣教導我們。

2018 年 6 月 22 日

心動了

六祖慧能說：
「本來無一物，
何處惹塵埃。」

光孝寺前，
旗杆的旗飄動，
兩和尚爭辯：

一說：「旗飄動了」；
一說：「風吹動了」；
慧能說：「你們心動了。」

我們的苦，
我們的難，
都是我們的心動了！

2018 年 6 月 30 日

不要精

不要精！
一個人精，
就想佔著數，
就想佔便宜，
佔到了，
「弊」啦！

宇宙規律：
「因果循環」！
佔了著數，
佔了便宜，
須償還呀，
逃不出因果循環！

古賢早就說了：
「吃虧是福」。
吃了虧，
「蝕底」了，
種下好因，
栽出好果！

古賢的智慧，
比今人「叻」，
更是經驗結晶。
讀聖賢書，
汲取智慧、經驗，
不要精！

2018 年 6 月 30 日

最大福氣

每個人生，
都有甜苦。
甚麼是甜，
甚麼是苦，
角度不同，
自作自受。

公平得很，
最後一「劫」，
必是苦。
誰也逃不了，
便是病苦，
身心都苦。

古人智慧高，
早就知了。
人生最大福氣，
是無疾而終，
無疾無痛，
安祥走了。

2018 年 7 月 10 日

讓我活到今天

謝謝老天，
讓我活到今天，
超過了古人「古稀之年」。

活到古稀之年，
有人活得不耐煩，
有人活得很逍遙。

我呢？
真謝謝老天，
能活到此把年紀。

全靠深情的妳，
無時不刻牽著我的手，
無微不至照顧。

不，不是牽著我的手，
是牽著我的心，
讓我活到今天。

2018 年 7 月 10 日

都是緣

每個人，
來到這個世界，
都是緣。

自此幾十年人生，
離不了人緣，
離不了物緣。

依照佛家說法，
一口水一啖飯，
全都是緣。

有人緣，
有物緣，
我們才能活下來。

每時每刻，
離不開人緣，
離不開物緣。

我們活在緣中，
卻忽略了，
活好此時此刻啊！

緣盡了，
我們都會回家，
回到「老家」。

2018 年 7 月 16 日

那就好了

大多數的人，
口說感恩，
心無感恩，
雖知卻不行。

大多數的人，
口說珍惜，
心無珍惜，
說知卻不行。

待到失了青春，
待到失了機會，
懊悔了，
內疚了。

年輕的，
懂得感恩，
懂得珍惜，
那就好了。

2018 年 7 月 21 日

早早學，早早實踐

佛學最科學，
由於最科學，
也就最難學。

最難學，
人們便產生懷疑：
是迷信嗎？

有些人，
半信半疑，
也學不了。

沒有堅毅力，
也學不成，
學不好。

學的歷程，
學理論，即實踐，
知易行難喲！

親愛的親友，
為離苦得樂，
早早學，早早實踐！

2018 年 7 月 26 日

好老婆

好老婆，
老婆好，
不是每一位男人，
都能娶到好老婆。

娶到好老婆，
感恩啊，
珍惜喲，
真不容易呀！

是「因果」兩字，
前世修來的福分，
前幾世修來的福氣，
且看各人的修為。

善有善報，
惡有惡果，
有一顆慈悲的心，
幸福遲早會降臨。

2018 年 8 月 8 日

（完）

後記

2018 年 5 月 9 日，我先生有點不適，入院治理。本以為是小事，或是盲腸炎，卻給醫生診斷是絕症，生命只餘 4 個月。

此刻，將我倆從山頂掉進了深淵。時間，頓時停了下來，感到這個世界所有事情，都將與他無關。無望、絕望，所有難受的感覺都一同湧來。

面對突然的噩耗，我們都知道這是逃不了的事實，所以沒有抱怨，而是知道更應好好珍惜當下，正面地去處理一切。他繼續如常寫作，一直寫，直至他不能提筆，「回家去了」。

這書是送給我的先生林炎（獅子燁）。若有輪迴，等他回來時，可細嚼自己的舊作！

葉寶歡（Eagle）

2018 年 12 月 14 日

來世再愛，傾力愛

作者：　獅子燁
編輯：　Margaret
設計：　4res
出版：　紅出版（青森文化）
地址：香港灣仔道133號卓凌中心1
出版計劃查詢電話：(852) 2540 75
電郵：editor@red-publish.com
網址：http://www.red-publish.cor
香港總經銷：聯合新零售（香港）有限公司
台灣總經銷：貿騰發賣股份有限公司
地址：新北市中和區立德街136號6
(886) 2-8227-5988
http://www.namode.com
出版日期：　2022年7月
圖書分類：　流行讀物／詩集
ISBN：　978-988-8822-06-5
定價：　港幣99元正／新台幣395圓正